어린이의 여행법

어린이의 여행법

불편하고
아름다운 것들을
사랑하는 마음에 관하여

이지나
에세이

라이프앤페이지
Life&Page

세상을 여행하는 모든 아이들에게,
그리고 언젠가 아이였던 당신에게.

일상으로 빚은 마법 같은 순간

지난겨울 포르투갈 포르투에 다녀왔다. 포르투에서 사람이 가장 많은 곳은 세상에서 가장 아름다운 서점이라고 불리는 렐루 서점이었다. 공식적으로 확인된 바는 없지만 렐루 서점의 독특한 계단이 '해리 포터' 속 호그와트의 움직이는 계단에 영감을 주었다고 한다. 나도 사람이 책만큼 많은 렐루 서점에 가서 그 계단을 보고 왔다.

조앤 롤링은 영국에서 태어났지만 포르투에서 결혼하고 첫 아이를 낳았다. 얼마 지나지 않아 이혼한 그녀는 아이를 데리고 에든버러로 돌아간 뒤에 극심한 생활고 속에서 글을 쓴다. 그리고 그 글은 역사상 가장 많이 팔린 소설 중 하나가 되었다. 문득 궁금해졌다. 그녀는 어떻게 글을 쓸 생각을 했을까. 왜 하필이면 책이었을까. 즉각적인 결과물을 볼 수 없고, 혼자서는 완성되지 않으며, 당장 수익을 가져다주는 것도 아닌 책을.

보이지 않는 길목에 서서 길고 긴 편지를 쓰고, 누군가 읽어주길 바라며 그 답장을 오래 기다렸을 한 사람을 떠올린다. 실제로 『해리 포터와 마법사의 돌』은 열두 군데의 출판사에서 거절당한 끝에 출간된다. 그 후의 이야기는 이미 널리 알려진 대로다.

얼이와 함께 여행하기 시작한 지 이제 꼭 십 년이 되었다.

나는 얼이와 여행을 하면서 글을 쓰기 시작했다. 내 상상력은 마법세계까지 미치지 못해서 대신 내가 발견하고 경험하고 느낀 것을 옮겨 적었다. 단순하고 평범한 일상에도 마법 같은 순간들은 존재한다. 내가 달리는 것을 좋아했다면 얼이와 함께 달렸을 테고, 춤추는 것을 좋아했다면 얼이와 춤추는 것에 대한 글을 썼을 것이다.

나는 여행을 사랑하는 사람이다. 여행하는 것을 좋아했고, 좋아하는 것을 계속하고 싶었다. 혼자 하는 여행을 좋아했지만 함께하는 여행에는 또 다른 즐거움이 있었다. 결혼은 둘이 함께하는 여행 같았다. 아이가 태어난 후에는 셋이서 여행하기 시작했다. 자연스러운 일이었다. 우리는 같이 있고 싶었고 여행을 좋아하니까, 함께 여행을 떠났다. 처음부터 '여행'과 '아이', 둘 중에 하나를 택해야 한다고 생각하지 않았다. '여행'의 자리에는 무엇이든 들어갈 수 있을 것이다. 그게 무엇이든, 포기하고 나중으로 미루는 대신 지금 함께 해보기로 했다. 그리고 그 경험을 글로 적었다.

　　아이와 세상을 여행하는 일은 하늘을 나는 빗자루를 타는 것과 비슷한 면이 있다. 처음엔 서툴고 어렵지만 정신을 차리고 보면 한 번도 가보지 못한 곳으로 나를 데리고 가기에. 나는 글을 쓰고 싶어졌다. 시간이 걸리고, 혼자 할 수 없고, 얻는 것이 없다 해도.
　　이 책은 그즈음 쓰기 시작했다. 얼이와 함께 나는 자꾸만 새로운 곳에 닿았다. 보지 못했던 것을 보고 알지 못했던 것을 배웠다. 아이가 아니라 내가. 그래서 다시 글을 쓸 용기를 냈다. 아이와 세상을 여행하며 발견하고 알게 된 것을 이야기하고 싶었다. 불편하고 아름다운 세상의 이야기들을 전하고 싶었다. 아이와 세상 밖으로 나섰을 때 우리가 만난 그 모든 것들에 대해서 함께 나누고 싶었다.

며칠 전 늦은 저녁, 얼이와 함께 집으로 돌아오는 길이었다. 얼이가 후드점퍼 주머니에 손을 넣고 숨기더니, 무슨 모양을 하고 있는지 맞춰보라고 했다. 응, 가위? 바위? 이런 대답을 하고 있는데, 얼이가 활짝 웃으면서 엄지와 검지를 모아 만든 조그만 하트를 쏙 꺼내 보였다.

이 책은 이런 순간들이 모여서 만들어졌다. 글을 모르던 나의 작은 시인의 언어를 받아 적다 보니 책이 되었다. 언제나 내가 생각하고 상상한 것보다 다정하고 사랑스러운 것을 꺼내 보여주는 얼이가 있어서 쓸 수 있었다. 얼아, 고마워. 엄마가 이 안에 숨겨둔 마음도 어떤 모양인지 알아봐주길.

작년에 영국으로 출장을 다녀온 남편이 카드에 편지를 적어주었다. 얼마 전 그 카드를 다시 발견했는데, 이제 보니 카드 표지가 에든버러에 있는 '엘리펀트 하우스 카페'였다. 엘리펀트 하우스 카페는 조앤 롤링이 '해리 포터'를 집필한 곳이다. 어떤 편지는 이렇게 조금 늦게 도착한다. 그럼에도 편지를 띄워 보내는 사람, 아는 만큼 이해할 수 있다면 아마도 이 책을 가장 많이 이해할 사람, 나의 역량과 상관없이 언제나 내가 엄청 훌륭한 작가라고 믿고 있는 사람, 나의 남편, 나의 친구 현철이에게 고마운 마음을 전한다.

서로 사랑하라는 말씀에 기대어 한 권의 편지를 쓸 수 있었음을 하나님께 감사한다.

내가 쓴 글에도 한 아이가 등장한다. 이 책을 쓰면서 나는 먼저 얼이에게 내가 이 글을 써도 괜찮을지 물어보았다. 책이 완성되면 이제는 책의 여행이 시작될 것이다. 우리가 가보지 않은 곳에 가서 만나지 못한 사람들을 만나게 될 것이다. 그것이 어떤 의미인지에 대해 아이와 많은 이야기를 나누었다. 종이비행기 날리기를 좋아하는 얼이는 그게 어떤 의미인지 잘 알았다. 일단 떠나보내고 나면 의도치 않게 내가 바라지 않는 곳에 원치 않는 방식으로 닿을 수도 있다는 것을. 그럼에도 우리는 이 책을 띄워 보내기로 했다. 원래 모험은 다 그렇게 시작한다.

책과 편지의 닮은 점이 있다. 쓰는 사람과 읽는 사람이 언제나 다른 시간 속에 있다는 것이다. 이제는 내가 기다릴 차례다.

우리의 이야기에는 등장인물이 많다. 그 모든 장면의 주인공들에게 고마운 마음을 전한다. 고마운 마음은 부엉이를 통해서 보내려 한다. 당신에게 정확하게 닿도록.

이지나

차례

프롤로그   일상으로 빚은 마법 같은 순간 ◦ 6

1부
서로를 배우며 걷기

사전 예고 시스템 ◦ 17
여행이 나를 속이려 할 때 ◦ 25
모르는 나라의 앨리스 ◦ 35
나의 사랑하는 시골 ◦ 44
오늘 날씨는 좋음 ◦ 50
배우는 법 배우기 ◦ 58

2부
아이가 집 밖을 나설 때

이방인을 대하는 방법 ◦ 67
작은 여행자들 ◦ 75
내가 알지 못하는 언어 ◦ 82
불편하고 아름다운 ◦ 88
노 당신 존 ◦ 96
환승 여행, 가는 길도 여행이니까 ◦ 102
코페르니쿠스를 만나러 가는 길 ◦ 109

3부

작은 존재들을 사랑하는 법

모든 살아 있는 것을 사랑하는 마음 ◦ 119

잃어버린 사줌이 ◦ 128

인 마이 백 ◦ 137

기억과 기록 ◦ 142

잠시만, 체크인 ◦ 150

내리사랑, 너의 사랑 ◦ 158

4부

경험을 사는 것이 여행이라면

활주로에서 보낸 하루 ◦ 167

아무것도 없어도 충분해 ◦ 175

글이 경험이 되는 순간 ◦ 184

서로 다른 사람들이 함께하는 여행 ◦ 194

비교하지 않기 ◦ 202

내일로 ◦ 206

1부

서로를 배우며 걷기

사전 예고 시스템

처음 운전면허를 딸 때가 생각난다. 나는 운전에 대단한 로망을 가지고 있었다. 그 로망은 유구한 것이었다. 어릴 적 다 같이 둘러앉아 저녁을 먹으면서 주말 단막극을 보는데 두 주인공이 긴박한 상황에서 차로 탈출하는 장면이 등장했다. 중요한 순간 여자주인공이 발을 동동 구르고 있는데 악당을 물리치고 나타난 남자주인공이 멋지게 운전해서 구해내는 장면이었다. 그 장면을 보던 나는 어른이 되면 꼭 운전면허부터 따야지! 하고 다짐했다. 언제 위급한 상황이 닥칠지 모르니까!

그런 나에게 어른의 기준이란 운전을 할 수 있는 나이가 되는 것이었다. 그래서 성인이 되자마자 학과시험을 보고 바로 운전면허학원에 등록했다. 아, 그리고 언제 또 무슨 일이 생길지 모르니까 트럭은 운전할 줄 알아야지 싶어서 덜컥 1종으로 신청했다(도대체 어디서부터 온 상상력과 생활력인지 모르겠다).

이를 위해 수년간 아빠가 운전하시는 걸 유심히 관찰하고 수업시간에 엔진에 대해 배울 때는 더 주의 깊게 보고 열심히 공부했다. 도로를 달리거나 주차된 차를 보면서 차종을 구분해보기도 했다.

그러다 실제로 운전을 배우게 되었을 때 그 설렘은 말로 다 할 수가 없었다. 그렇게 운전을 처음 배웠던 날의 기억은 지금도 선명하다. 더 정확히 말하면 잊을 수가 없다. 왜냐하면 수업을 시작하고 마칠 때까지 이 차가 왜 움직이는지 전혀 이해할 수 없었기 때문이다.

선생님은 만나자마자 바로 운전석에 앉으라고 하시더니, 키를 돌려서 시동을 켜세요, 기어를 1단에 놓으세요, 양쪽발을 차례로 모두 떼세요, 하는 식으로 곧바로 내게 명령

어를 입력하셨다. 그날 태어나서 처음 운전석에 앉은 나는 우왕좌왕하며 더듬더듬 차키가 어디에 꽂혀 있는지 찾고, 기어라고 불리는 물건을 추측해서 작동하고, 진땀을 흘리면서 뻣뻣한 발목으로 클러치와 브레이크 페달을 밟았다 뗐다. 나는 이 차가 왜 앞으로 나가는지 어디로 가는지 알 수 없었지만 그것만으로도 차는 이미 움직이기 시작했다. 차는 그냥 내가 타고 있기만 해도, 아무것도 하지 않아도 움직였다.

수업시간은 우회전하세요, 좌회전하세요, 가세요, 멈추세요를 반복하다가 마쳤다. 그 후로도 크게 달라지지 않았다. 기어를 2에 놓으세요, 혹은 3에 났다가 다시 바꾸세요, 여기서 주차를 할 때는 어깨선을 보도블록에 맞추고 핸들을 한 바퀴 반 돌리세요…. 매일 달달 외우고 같은 길을 수없이 오가며 반복했더니 나는 운전을 배웠지만 운전은 할 줄 모르는 상태가 되었다. 그리고 장내기능시험 날짜가 되었다.

나는 시험에서 떨어졌다. 출발하자마자 오르막길에 올랐는데 정차선에서 페달을 바꾸는 사이 차가 뒤로 밀린 것이다. 연습할 때는 한 번도 벌어지지 않은 상황이었다. 겪어본 적이 없으니 어떻게 대처해야 하는지도 몰랐다. 어찌할 바를 모르는 사이 차는 그대로 뒤로 밀렸고 나는 바로 실격됐다. 브레이크를 밟으면 되는데, 나는 그조차도 몰랐던 것이다.

　얼이와 함께 여행하는 동안 이런저런 질문을 받았다. 그 중 하나는 아이가 어떻게 하면 그렇게 많은 거리를 오랫동안 함께 걸을 수 있냐는 것이었다. 생각지 못한 부분이었다. 정성껏 답변을 하고 싶은 마음에 한동안 곰곰이 생각해봤다. 우리가 많이 걷는지, 그렇다면 어떻게 많이 걸을 수 있는지. 사실 얼이도 걷고 싶어 하지 않을 때가 있는데 그런 날은 뭐가 다른지.

　얼이가 어릴 적에는 항상 유아차를 가지고 여행을 했다. 아이가 어려서 아직 근육이나 체력이 여물지 않았을 때는 걷다가도 유아차에 태우거나 안고 다녔다. 여행하지 않을 때에도 매일 많이 걸었다. 그러다 보면 어느 때부터인가 아이 체력이 부모보다 좋아지는 순간이 온다. 아이와 하루를 온전히 보내본 사람이라면 알게 된다. 얼이는 놀이터에서 몇 시간을 뛰어놀아도 지치지 않고, 잠깐 쉬고 나면 급속 충전이 되어 다시 달려 나갔다.

평소에도 날마다 동네를 많이 걸으면서 걷는 데 익숙해지고, 중간중간 우리가 좋아하는 카페나 서점에 들러 쉬어가기도 하면서 걷는 동안 즐거운 경험을 자주 만들었다. "걷다 보면 좋은 일이 생겨." 우리는 그런 얘기를 하면서 손을 잡고 걸었다.

지난겨울 스페인 바르셀로나를 여행할 때였다. 바르셀로나는 도시 규모가 크고 관광지가 많아서 우리는 매일 아침부터 밤까지 걷고 있었다. 하루는 얼이가 지친 기색을 보이며 계속 돌아가서 쉬자고 졸랐다. 종일 많이 걷기도 했지만 중간중간 얼이가 좋아하는 문구점이나 편집숍에도 자주 들른 터였다. 그런데 얼이는 더 이상 흥미가 없어 보였다. 그러더니, "우리 지금 어디 가는 거야?" 하고 물었다.

그때 알았다. 얼이는 그래서 재미가 없는 거였다. 어디로 가는지 몰라서.

처음 운전학원에 갔던 날 생각이 났다. 기능시험은 정해진 코스로 달리게 되어 있다. 그래도 내가 앞으로 달리게 될 길이 어떻게 생겼는지, 어떤 순서로 움직이는지, 왜 그렇게 해야 하는지 알았다면 조금 다르지 않았을까.

　나는 면허를 따고도 운전이 재미없었다. 한동안 운전을 하지 않았다. 제대로 운전을 하기 시작한 것은 수년이 지난 후 공교롭게도 스위스에서였다. 스위스는 도로나 주차장에 차가 많지 않은 데다 초보에게도 너그러웠다. 지금 생각해보면 민폐일 만큼 천천히 달렸는데도 일 년 동안 도로에서 경적소리를 들어본 적이 없다. 당시에는 내비게이션이 없었으니 지도를 미리 보거나 아는 길로만 다녔다. 주로 짧은 거리만 오갔는데도 그때 처음으로 운전이 재미있다는 생각을 했다. 내가 가야 할 길을 알고 직접 차를 움직여서 달려가는 모든 과정이 마음에 들었다.

　얼이와 어딘가 갈 때는 되도록 얼이에게 우리가 어디로 가는지 미리 얘기하는 편이다. 얼이가 아직은 어려서 모든 목적지를 선택할 수 있는 것이 아니니까 먼저 더 구체적으로 알려준다. 종종 아이와 외출하거나 여행할 때 목적지나 일정을 자세히 알려주는 것을 잊을 때가 있다. 특히 어른이 아이를 '데리고 가는' 상황일 때 더욱 그렇게 된다. 차에 태우고 일단 출발하는 것이다. 직진, 그리고 우회전, 좌회전.

하지만 아이와 함께 걷게 되면 그게 어떤 의미인지 분명해진다. 아이에게 우리가 어디로 가는지 알려주지 않으면 아이와 함께 '나란히' 걷는 게 아니라 아이를 '데리고' 걷게 된다. 그럴 때면 얼이는 금세 지치고 흥미를 잃고, 나도 얼이를 어르고 달래느라 진을 뺐다.

바르셀로나에서 그날은 가는 곳마다 식당이 만석이라 여러 번 헛걸음을 했다. 그러느라 남편과 내가 둘 다 지도를 검색하면서 계속 목적지를 바꾸며 걷기만 했다. 얼이 입장에서는 어디로 가는지 언제까지 걷는지도 모르는 채 줄곧 우리를 따라다닌 거였다. 이제는 훌쩍 자란 얼이를 안고 다닐 수도 없다. 그날 우리는 더 이상 걷지 않고 숙소로 돌아왔다.

다음 날, 얼이가 가고 싶어 했던 곳에 전부 가보기로 했다. 미리 어디로 갈지 무엇을 할지 얘기하고, 지도를 보면서 목적지를 확인하며 함께 걸었다. 골목이 복잡해서 길을 잃기도 하고, 빙빙 도느라 갔던 골목을 여러 번 다시 되돌아가기도 했다. 길에 줄을 서서 한참 동안 기다리기도 하고, 인파에 밀려 손을 잡고 한 줄로 걷기도 했다. 서로 마음에 드는 서점이나 가게를 발견하면 우리 저기 가볼까? 하고 누가 먼저랄 것도 없이 앞장을 섰다. 결국 원했던 곳에는 모두 가지 못했다. 우리는 아침부터 저녁까지 종일 걸어다녔다. 하지만 얼이는 지치기는커녕 계속 걷고 싶어 했다. 저녁 늦게 숙소로 돌아올 때는 못내 아쉬워했다. 나도 그랬다. 역시 어디로 가야 할지 알고 걷는 게 훨씬 재미있다.

여행이 나를 속이려 할 때

지금 생각해도 그 여행은 이상했다. 그것도 아주 많이.

우리 계획은 이탈리아 로마로 갔다가 비행기를 갈아타고 몰타로 넘어가는 것이었다. 팬데믹으로 여행이 한동안 멈춰 서기 바로 직전의 겨울, 오래 준비한 연말 휴가였다.

로마까지 가는 길은 직항이 아니라 경유 항공편을 이용했는데, 환승시간이 길어서 항공사에서 호텔을 연계해주었다. 그런데 몇 시간 동안 추운 공항에서 대기한 뒤 도착한 환승 호텔은 그야말로 엉망이었다. 호텔 주위에 아무것도 없는데다 방은 전혀 청소가 되어 있지 않다. 그 와중에도 얼이는 곤히 잤다. 공항에서 자는 것보다는 여기가 낫겠지 하는 마음으로 우리도 눈을 붙였다. 그리고 다음 날 아침 다시 공항으로 돌아와서 로마행 비행기에 올랐다.

로마에 도착한 뒤에는 일단 유심부터 샀다. 이때 산 유심은 이후 다급하고 절박한 순간마다 고장이 나는 놀라운 활약을 하게 된다. 평소 같으면 공항에서 버스를 탔을 텐데 일단 빨리 숙소로 가고 싶었고 세 명이 이동하면 비용도 크게 차이 나지 않을 것 같아서 우리는 택시를 탔다. 그런데 그 밤중에 사고라도 났던 걸까? 차가 너무 막혔다. 마음은 급하고 속은 타는데 차는 움직이지 않았다. 캄캄한 도로 위에서 해가 지고 밤이 깊었다. 결국 예상했던 것보다 시간도 비용도 훌쩍 넘겨서 가까스로 숙소에 도착했다. 하룻밤이지만 온실과 정원이 딸린 아름다운 숙소를 예약했고 그래서 해 지기 전에 그 모습을 보고 싶었는데, 도착하니 이미 집 전체가 짙은 어둠에 잠겨 있었다. 우리는 다음 날 새벽 비행기를 타고 몰타로 떠날 예정이었으니 이 집의 환한 모습은 보지 못할 것이었다. 섭섭하고 아쉬웠지만 어쩔 수 없지. 그래도 그날 밤은 편히 잤다.

다음 날 이른 새벽, 우리는 다시 공항 카운터로 향했다. 로마에서 몰타까지는 저가항공을 타고 갈 예정이었다. 그런데 항공사 측에서 청천벽력 같은 얘기를 했다. 사전 체크인을 안 해서 그에 해당하는 페널티를 부과한다는 것이다. 이메일로 안내했다는데 그 시간에 우리는 이미 집을 떠나 이동 중이었다. 그래, 여행 중에 일어날 수 있는 해프닝이야, 어쩔 수 없지. 그런데 페널티 금액이 너무 컸다. 항공사에서 요구한 금액은 세 명분을 합해 무려 165유로였다. 대충 계산해봐도 20만 원이 훌쩍 넘었다. 우리가 구입한 항공권보다 비싼 가격이라니, 말도 안 돼. 우리가 이렇게 복잡한 여정을 택한 이유는 순진히 비용 때문이었다. 경로와 일정을 두고 수없이 검색하고 고민한 끝에 가장 경제적인 선택을 한 건데, 그 모든 수고가 수포로 돌아가는 중이었다.

그러나 방법은 없었다. 항공권을 포기하든지, 아니면 165유로를 추가로 내야 했다. 쓸데없는 지출이 너무 아깝고 울컥 화가 나서 다 무르고 싶은 심정이었다. 차라리 그냥 계속 로마에 있을까? 싶었지만 어리석은 생각이었다. 비용으로 따지자면 이미 몰타에 예약해둔 숙박비와 몰타에서 돌아오는 항공권을 합한 금액이 훨씬 컸다. 결국 추가비용을 지불하고 티켓을 받았다. 단추가 계속 어긋나고 있었다. 마음이 엉망이었다. 그래도 이제 시작인데 여행을 망칠 순 없지.

우리는 무사히 몰타의 수도, 발레타에 도착했다. 그리고 예약해둔 숙소를 찾았다. 그런데 이번에는 체크인하는데 호스트가 추가비용을 요구했다. 우리가 한 명으로 예약했으니 나머지 두 명분의 추가비용을 내야 한다는 것이다. 그럴 리가. 우리는 아이를 동반한 가족이기 때문에 숙소를 찾을 때 반드시 정확한 인원으로 검색을 하곤 했다. 그런데 예약을 한 명으로 했다니?

하지만 지금 우리는 굽이굽이 골목으로 이루어진 발레타 시내를 달려 무거운 짐을 들고 여러 층의 계단을 올라 얼이와 함께 예약한 숙소 문 앞에 서 있는 참이었다. 예약 내역을 다시 찾아보려니 유심은 먹통이고, 호스트와 언쟁할 여력도 없었다. 우리는 추가비용을 결제하고 집에 들어섰다. 그렇게 들어온 숙소는 다행히 아늑하고 아름다운 공간이었다. 천장이 높고 발코니로 나가면 바다가 보였다. 거실은 아주 넓었고 바닥에는 우아한 무늬의 타일이 깔려 있었다. 푹신하고 커다란 소파와 길게 뻗은 식탁이 놓여 있었다. 나는 구깃구깃한 마음을 짐과 함께 대충 풀어놓았다. 괜찮아. 이제 무사히 몰타에 왔으니까 괜찮을 거야. 그날은 밖으로 나가 늦게까지 돌아다녔다.

발레타는 수많은 골목으로 이루어져 있고 거리 풍경이 모두 달랐다. 파스텔을 와르르 쏟은 것처럼 다채롭게 물든 건물 사이를 걷다 보면 모퉁이를 돌아설 때마다 또 다른 길이, 새로운 집이, 그리고 종종 저 너머에 반짝이는 바다가 나타나곤 했다. 골목을 꺾을 때마다 새로운 풍경을 보는 게 즐거워서 멈출 수가 없었다. 우리는 걷고 또 걸었다.

다음 날에는 주말에만 열린다는 마켓에 가기로 했다. 꼭 가보고 싶었는데 다행히 우리가 몰타에 머무는 기간과 일정이 맞았다. 우리는 전날 밤부터 설레며 잠이 들었다.

"얼아, 우리 내일은 바닷가에서 열리는 시장에 갈 거야."

"와, 너무 좋아!"

그리고 다음 날. 가볍게 차려입고 마켓에 가기 위해 집을 나섰다. 거리가 좀 떨어져 있어서 택시로 갈 생각이었다. 대로변으로 걸어 나와 택시를 타고 목적지를 말했는데, 순간 남편이 놀라며 지갑을 숙소에 두고 왔다고 했다. 혹시 모를 분실이나 소매치기를 피하려고 남편만 지갑을 가지고 다니는 중이었는데 그날따라 나도 비상금을 두고 나와서 현금이 하나도 없었다. 할 수 없지. 그래도 지금 알게 돼서 다행이다. 우리는 얼른 사과하고 택시에서 내리려 했다. 그런데 그때 기사님이 우리를 만류했다. 일단 본인이 데려다주고 올 때도 태워올 테니까 택시비는 돌아와서 한 번에 내라고.

우리가 망설이는 기색을 보이자 재차 괜찮다면서 시장에 가려면 오전 일찍 가야 한다는 말을 덧붙였다. 그래, 잠깐 구경하고 금방 돌아올 테니까 일단 출발하자. 합리적인 제안을 해준 기사님께 감사했다. 그렇게 도착한 시장은 우리 예상보다 훨씬 활기차고 볼거리가 풍성했다. 지중해를 뒤로하고 펼쳐진 시장 입구부터 햇살이 쏟아지고 있었다. 가슴이 콩닥콩닥 뛰었다. 기사님은 우리에게 둘러보고 오라며 손을 들어 보이고 익숙한 듯 동료로 보이는 이들이 모여 수다 떠는 곳으로 합류했다.

　마켓에는 해산물뿐 아니라 다양한 먹거리와 수공예품을 팔고 있었다. 손으로 짠 레이스와 나무로 만든 우산도 갖고 싶고 얼이는 군것질을 하고 싶어 했지만, 우리는 돈이 없으니 그냥 지나쳤다. 어쨌든 기사님이 기다리고 계시니까 경보하듯 빠르게 걸으며 마켓을 둘러봤다. 해안가를 따라 늘어선 레스토랑에는 사람들이 바다가 보이는 테이블에 앉아 해물요리에 와인잔을 기울이고 있었다. 와, 여기 정말 좋다, 집에 갔다 지갑을 가지고 다시 올까? 그럼 전부 닫겠지? 아쉬움에 계속 대화를 나누면서 우리는 거의 뛰듯이 빠른 걸음으로 차로 돌아왔다. 그리고 기사님께 몇 번이고 감사인사를 하면서 숙소로 왔다. 도착해서는 남편과 얼이가 차에서 기다리는 동안 내가 얼른 숙소로 뛰어올라가 지갑을 가지고 내려왔다. 그런데, 이때부터 갑자기 분위기가 달라졌다. 차비는 20유로였지만 기사님은 애초에 우리가 잘못 들은 거라며 60유로를 요구했다.

　사람이 너무 화가 나면 눈앞이 아찔해진다. 잠시 고민

하던 남편은 60유로를 지불하고 얼이를 데리고 차에서 내렸다. 우리는 조용히 숙소로 올라왔다. 그러나 내 마음은 조금 전과 완전히 달랐다. 감정이 부글부글 끓어올라 말조차 고를 수가 없었다. 심장이 쿵쿵 뛰어 귀가 아플 지경이었다. 모든 것에 분노가 일었다. 하나하나 되짚어가며 꼼꼼히 미워할 대상을 찾았다. 원망은 제일 가까운 곳에 먼저 튀었다. 왜 지갑을 두고 온 거야. 아니 돈을 왜 달라는 대로 다 줬어? 미련한 나에게도 화가 났다. 되돌릴 기회가 얼마든지 있었는데! 경찰이라도 불렀어야 하나? 아무것도 손해 보고 싶지 않았다. 여기가 한국이었다면 절대 그냥 넘어가지 않았을 것이다. 그러나 골목에는 아무도 없었고 휴대폰은 먹통이고 우리는 낯선 도시의 이방인이었다. 갈등이 커지지 않는 편이 나았을 거란 생각이 들자 더 분했다.

내가 그토록 화가 났던 건 아마 그 사건 하나 때문만은 아니었을 것이다. 시작부터 차곡차곡 쌓아왔던 거친 감정의 블록이 그 순간 와르르 무너졌고, 엉망으로 헝클어진 채 구겨 넣었던 기분이 뒤죽박죽 쏟아져 나와 바닥에 나뒹굴었다. 나는 입을 꾹 다물고 혼자 방으로 들어갔다.

시간이 얼마나 흘렀을까. 겨울에는 짧아서 아쉽기만 한 오후가 지나가고 있었다. 곧 해가 질 듯했다. 어제는 골목을 걷다 만난 해안가에서 일몰을 봤는데, 오늘은 침대 위에 덩그러니 앉아 있었다. 기분은 여전히 오르락내리락했다. 여행이고 뭐고 그냥 집에 가고 싶다가, 지금도 흘러가는 시간이 아까웠다.

그때, 얼이가 방으로 들어왔다. 그리고 내게 와서 나를 가만히 바라보며 말했다.

"엄마, 우리 오늘 행복한 하루 보내자.
세상에서 제일 기분 좋았던 생각을 해봐.
그러면 조금 괜찮아질 거야."

그동안 얼이와 여행을 다니면서, 아이를 '데리고' 여행 다니는 게 힘들지 않냐는 얘기를 많이 들었다. 솔직히 별로 힘들지 않았다. 얼이를 '데리고' 여행한다는 생각도 그다지 해보지 않았다. 그 이유를 그 순간 알았다. 얼이는 내가 데리고 다니는 존재가 아니라 나와 이 여정을 함께하는 사람이었던 것이다. 매 순간 한 명분의 비용을 모두 지불하고, 한 자리를 온전히 차지하고 존재하며, 함께 먹고 잠을 자고, 모든 것을 같이 보고 느끼고 경험했다. 그리고 필요한 순간에는 다가와 나를 토닥이며 일으켰다. 내가 얼이에게 했던 것처럼. 얼이도 나에게 똑같이.

그날 우리는 다시 밖으로 나왔다. 여행을 이제 시작하는 사람들처럼 골목을 걷고 그날 거기에서밖에 볼 수 없는 한 번뿐인 일몰을 보았다. 그날 마지막 햇살 속에서 사진을 찍었다. 노천식당 테이블에 앉아 저녁을 먹고 다음 날 아침에 먹을 빵과 과일을 사서 돌아왔다. 우리는 행복한 하루를 보냈고 나는 괜찮아졌다, 얼이 말대로. 이제 나는 삶이 나를 속이는 것 같은 날이 오면 세상에서 제일 기분 좋았던 생각을 한다. 이날을 떠올린다.

모르는 나라의 앨리스

언뜻 차에 탈 때 아기는 부모가 안는 게 더 안전할 것 같아 보이지만, 카시트에 앉히는 것이 훨씬 안전하다. 그래서 나 역시 얼이와 함께 차를 탈 때면 반드시 카시트를 사용해 왔다. 얼이를 낳고 이틀 후 퇴원해서 바로 집으로 오는데, 그때는 아이가 너무 여리고 작아서 부서질까 안는 것도 조심스러웠다. 그래도 차에 단단히 고정한 바구니형 카시트에 얼이를 뉘어 왔다.

여행 중에는 차를 렌트할 때 카시트도 함께 빌리는데, 보통은 대중교통을 이용하기 때문에 휴대용 카시트를 따로 챙겨갔다. 폴란드 바르샤바에서 우버를 불렀더니 아이와 함께 있는 것을 확인하고는 차에 카시트가 없어서 태울 수 없다고 미안하다며 기사가 그냥 돌아간 적이 있었는데, 그 후 미국에 있는 동생이 가방에 접어서 넣을 수 있는 휴대용 카시트를 선물해주어서 아주 유용하게 사용했다.

그리고 얼이가 초등학교에 들어간 후에야 수년간 차의 일부였던 카시트를 떼어냈다. 카시트 없이 좌석에 바로 앉아 처음 안전벨트를 하던 날, 얼이는 어른이 된 것처럼 뿌듯한 표정이었다.

카시트를 떼어내고 얼마 되지 않았을 때였다. 얼이를 뒷좌석에 태우고 운전을 하고 있는데 얼이가 자꾸만 뒤에서 운전석을 발로 찼다.

"얼아, 의자를 자꾸 차면 안 돼."

그랬더니 얼이가 말했다.

"엄마 미안해. 근데 다리가 자꾸만 의자에 닿아."

나는 몰랐다. 그런데 가만 보니 정말 그랬다. 카시트를 사용할 때는 앉는 부분이 얼이 몸에 맞춰져 있어서 몰랐는데, 그냥 좌석에 앉기 시작하니 아직 작은 얼이에 비해 의자가 컸다. 안전벨트를 하고 의자에 깊숙이 제대로 앉으면 무릎 부분이 의자 위로 올라와 다리가 쭉 펴졌다. 자연히 발끝이 자꾸만 앞 좌석을 툭툭 건드렸다.

나는 그제야 세상의 많은 것이 어른에게 맞춰져 있다는 사실을 알게 되었다. 그것도 표준 사이즈를 가진 일부 어른들의 평균에 대부분 맞춰져 있다. 코로나가 시작되고 얼마 되지 않았을 때 손소독제로 인한 사고 사례가 보도되었다. 어른들이 쓰기 편하도록 허리 높이에 설치된 손소독제를 어린이가 사용하다가 약제가 눈으로 튀어 안구 손상을 입는 사고가 여러 번 일어났다. 이렇게 우리가 헤아리지 못한 의자는 또 얼마나 많을까.

언젠가 인터넷에 올라온 글을 하나 읽었다. 아이들이 원하는 것을 직접 말하지 않고 '갖고 싶다', '먹고 싶다'는 식으로 돌려 말하는 게 얄밉다는 내용의 글이었는데, 그에 동의하는 수백 개의 댓글이 달려 있었다. 그러나 이는 어린이의 발달단계에 따른 아주 자연스러운 화법이다. 어릴 때는 자기를 중심으로 인식하고 이를 언어로 표현하는 것이기 때문이다. 우리 모두가 거쳐온 과정이다. 아이가 성장하는 동안 표현방식을 바로잡아주면 아이들은 배우고 받아들인다.

그 글을 읽으며 나는 지금도 오해받고 있을 수많은 존재들을 생각했다. 아이뿐만 아니라 자연스럽고 정상적인 것인데 문제로 여겨지는 경우가 많을 것이다. 심지어 그들에게는 해명할 기회나 언어조차 주어지지 않을 때가 많다.

아이와 함께 살아간다는 것은 무수한 생의 방식을 배워간다는 의미다. 공공장소에서의 예절과 타인에 대한 예의를 배우지 않고 아이와 여행을 지속할 수는 없다. 내가 얼이와 어디든 함께 갈 수 있었던 이유는 우리가 매일 함께하면서 서로의 삶의 방식에 익숙해졌기 때문이다. 아이도 어른도 익숙해지면 어렵지 않다.

얼이도 여느 아이들처럼 의자에 신을 벗고 올라가는 것, 줄을 서서 자기 차례를 기다리는 것, 목소리 크기를 조절하는 법, 음식을 흘리지 않고 먹는 법, 모두 하나씩 천천히 반복하며 배웠다. 그저 여행을 거듭하고 날마다 나와 함께 있었으니 연습할 기회가 더 많았을 뿐이다. 아이들의 실수는 아직 모르기 때문일 때가 많다. 아이의 미숙함은 당연하고 자연스러운 것이다. 우리 모두 그렇게 배우고 자라 어른이 되었다. 그러나 나는, 우리는 그것을 잊고 있을 때가 많다.

한 번도 가보지 않은 나라를 여행하다 보면 우리도 아이 같은 입장이 되는 순간을 만난다. 내가 기억하는 순간도 있지만 모르고 지나간 순간이 아마도 무수히 많을 것이다. 그곳의 문화를 알지 못하고 익숙지 않아서 때로는 나도 모르게 무례를 저지르고, 서툴러서 실수하고, 부단히 오해받고, 자주 당황하며, 가끔은 억울해진다. 어른의 세상에 온 지 얼마 되지 않은 아이들이 그런 것처럼.

종종 내게 맞지 않는 의자에도 앉는다. 그러나 그럴 때 누군가 이해와 관용이 무엇인지 우리에게 알려준다. 때로는 기꺼이 기다려준다. 친절과 다정을 나누어준다. 별거 아니라는 듯, 당연하고 자연스럽게. 우리나라에 처음 온 외국인이 신발을 신고 방 안에 들어온다면 비난하거나 혐오하는 게 아니라 이해하고 알려주는 것이 온당한 태도일 것이다.

우리는 어느 쪽이든 될 수 있다. 기회를 주고 기다려주는 사회, 안도할 수 있는 사회가 안전한 사회다. 그리고 안전한 곳에서야 배우고 자랄 수 있다.

바르샤바 에어비앤비에서 지낼 때 인상적인 것이 있었다. 일반적인 가정집 형태의 숙소였는데 화장실 불 켜는 스위치가 아주 낮은 곳에 달려 있었다. 예전 같았으면, '이상하다, 스위치를 너무 낮게 해 놨네?' 하고 그냥 지나쳤을지 모르겠다. 그런데 얼이가 그 곁에 가서 섰을 때 그 스위치가 왜 거기에 달려 있는지 알 수 있었다.

얼이는 그 스위치가 자신을 위한 것임을 알았다. 모두를 위한 것이라는 걸 알았다. 바닥에서부터 1미터 정도 위에 달린 그 스위치는 얼이가 누르기에 적당하고 알맞은 위치였다. 휠체어를 탄 누군가가 그 집에 머물렀어도 불편함 없이 불을

편하게 켜고 끌 수 있었을 것이다.

가장 약한 사람을 위한 것은 결국 모두를 위하는 일이다.
모르는 나라에 도착한 모두에게 좀 더 친절해지는 길이다.

한 번도 가보지 않은 나라를 여행하다 보면
우리도 아이 같은 입장이 되는 순간을 만난다.
그럴 때 누군가 이해와 관용이 무엇인지 우리에게 알려준다.
때로는 기꺼이 기다려준다. 친절과 다정을 나누어준다.

✦

나의 사랑하는 시골

✦

    아이를 키우는 일은 어린 시절을 다시 사는 경험을 할 수 있는 것이라는 얘기를 들은 적이 있다. 나도 얼이로 인해 어린 시절의 나를 이따금 떠올린다. 얼이도 엄마 아빠가 어릴 적에 어땠는지 궁금한가 보다. "엄마 어릴 때는 뭐 하고 놀았어?", "어떤 게 제일 재밌었어?", "엄마는 뭘 좋아했어?" 종종 묻곤 한다. 아빠가 어릴 적 두부 심부름을 다녀오다가 너무 신이 나는 바람에 봉지를 붕붕 휘두르며 집에 왔더니 두부가 다 깨져 있더란 얘기는 얼이가 가장 좋아하는 이야기 중 하나다. 얼이 덕분에 나도 내가 얼이만 할 때 뭐 하고 놀았는지

골똘히 떠올려본다. 나는 뭘 좋아했지? 그러다 기억을 되살리는 대신 얼이를 내 어린 시절로 데리고 갈 기회가 생겼다. 바로 시골에 가는 거였다.

내게는 시골이 있다. 도시에서 나고 자란 내게 '고향'이라는 단어가 이런 정서를 지녔다는 걸 어렴풋하게나마 가르쳐준 곳이다. 전남 순천에서도 차를 타고 한참 들어가다 보면 산 아래 놓인 작은 마을이 하나 나온다. 그 마을 깊숙이 넓은 마당이 있는 으늑한 한옥집이 있다. 어린 우리 엄마가 살았던 집이다. 지금은 비어 있지만 오래전에는 한구석 외양간에 누렁소가 몇 마리 있고 마당에는 늘 닭이 여러 마리 돌아다녔다. 외양간 옆 아궁이에서는 이른 새벽이면 여물을 끓이느라 부옇게 김이 피어올라 마당 한편을 어룽지게 하던 것이 기억난다. 가을이면 뒷산에 올라 밤과 감을 따고, 여름에는 옥수수가 익어가는 사잇길을 걸어 근처에 있는 분교 운동장으로 숨바꼭질을 하러 갔다. 여기까지가 어린 시절 시골에 대한 나의 기억이다.

마지막으로 다녀온 게 십여 년 전이었다. 얼이가 태어나기 전, 할아버지 할머니께서 살아계실 때였다. 어릴 적 나는 시골이 있다는 게 그렇게 자랑스러웠다. 명절이나 방학이 끝나고 나면 해외 여행을 다녀온 친구들이 있어도 부럽지 않았다. 시골은 아주 멀고, 불편하고, 촌스럽고, 거칠고 투박한 데가 있었지만 그래도 좋았다. 불편해도 좋아할 수 있다. 그 둘은 공존할 수 있는 감정이니까. 가기 전부터 나는 얼이가 분명 시골을 좋아할 거라고 생각했다.

　　한참을 달려 시골에 도착했다. 시골은 항상 왜 이렇게 멀지. 차에서 내리자 다리가 저릿저릿했다. 도착한 시골은 하나도 변하지 않았다. 사람이 빈 자리는 시간이 더디 흐르는 걸까. 세월의 더께가 곳곳에 내려앉은 것 말고는 모든 게 어릴 적 뛰어놀던 그대로였다. 할아버지 할머니께서 돌아가신 후로는 삼촌들께서 여전히 농사를 지으며 이 집에 살고 계셨다. 얼이는 잠시 쭈뼛거리는가 싶더니 금세 그 낡고 오래된 집에 익숙해졌다. 여러 짝으로 되어 있어 잘 맞춰 닫지 않으면 반대편이 열려버리는 미닫이문도, 흙 위에 신문지를 붙인

벽도, 방마다 연결된 한옥 특유의 구조도 얼이는 재밌어했다. 방 안에 있으면 문을 닫아 놓아도 문살무늬대로 햇살이 고스란히 바닥에 새겨졌다. 얼이는 미닫이문을 양쪽으로 열어젖히고 대청마루를 거쳐 마당으로 달려 나갔다가 빙 크게 한 바퀴 돌아 부엌 쪽문으로 들어오는 것을 좋아했다.

마침 가을이었다. 얼이가 쌀은 항상 보지만 벼는 본 적이 없다면서 보고 싶다고 했다. 우리는 논으로 나가서 바람이 불 때마다 넘실넘실 파도치는 들녘을 바라보았다. 추수 때가 다 되어 벼 이삭이 오동보동했다. 시골 어른들께 아이는 무엇을 해도 괜찮은 존재다. 얼이가 하고 싶은 것은 뭐든지 해볼 수 있도록 해주셨다. 흐드러지게 이삭이 달린 줄기를 잘라줬더니 얼이는 벼가 꽃처럼 예쁘다고 했다. 낱알을 떼서 손끝으로 껍질을 벗겨 입안에 넣었다. 딱딱할 것 같았는데 조금 전까지 땅과 연결되어 있던 쌀은 생각보다 촉촉하고 은은하게 고소한 단맛이 났다. 벼 줄기는 꽃다발처럼 곱게 감싸서 집까지 가지고 왔다. 감나무 밭에는 윤이 나는 주홍색 감이 주렁주렁 열려 있었다. 얼이는 긴 장대처럼 생긴 가위로 높은 곳에 달린 감을 따는 법을 배웠다. 몇 번이나 감을 떨어트렸지만 어른들은 나무라는 대신 이건 우리가 먹으면 된다며 깨져버린 감을 따로 담으셨다. 얼이는 커다란 대야 가득 감을 땄다.

마당 한쪽에서는 정미기를 돌려 미리 추수한 벼를 쌀로 만들었다. 얼이는 자기도 돕겠다면서 마당을 가로질러 겨를 실어 날랐다. 겨울철 싸락눈이 날리는 것처럼, 봄날에 꽃가루가 날리는 것처럼 머리와 옷 위로 겨가 내려앉았다. 얼이가 좋아하는 온갖 곤충과 거미도 사방에 있었다. 얼이는 벌레를 잡고 씨앗을 모았다. 종일 마당에서 노는 동안 키가 한 뼘은 자란 것 같았다.

불편한 것도 있었다. 오래된 집이고 현대식으로 수리를 하지 않아서 집 내부에 화장실이 없다는 게 그랬다. 밖으로 나가서 마당을 가로질러야 어둡고 좁은 재래식 화장실이 나왔다. 얼이는 끝내 화장실에는 적응하지 못했다. 시골에 오기 전 퐁당 식 화장실을 설명하면서 빨간 휴지 파란 휴지 얘기까지 해버린 내 잘못이다. 삼촌은 삽을 들고 나가 감나무

밭 근처에 구덩이를 파서 얼이를 위한 전용 화장실이자 친환경 비료 시스템을 뚝딱 만들어주셨다.

불편해도 좋았다. 나는 아주 오랜만에 내 어린 시절로 돌아가 얼이와 함께 한바탕 놀았다. 얼이도 그 안에서 마음껏 뛰어놀았다. 얼이는 이제 내가 얼이만 했을 때 뭘 하고 놀았는지, 뭐가 제일 재밌었는지 안다.

집으로 돌아올 때는 역시나 짐이 많았다. 시골에 다녀올 때면 언제나 가득 채워진다. 차에는 막 정미를 마친 햅쌀 여러 포대와 수북하게 담은 감 봉지들, 밭에서 갓 뜯어온 각종 채소가 사람보다 가득 실렸다.

시골 어른들은 우리 차가 멀어져 보이지 않을 때까지 나이 든 집과 물결치는 논 사이에 서 계셨다. 얼마쯤 달려 나오자 풍경이 달라지면서 그제야 순천이었다. 행정구역상 분명 존재하지만 어떤 시절에만 열리는 비밀의 정원 같은 곳. 거기가 시골이었다.

얼이는 시골에서 돌아온 날부터 다시 시골에 가게 될 날을 기다린다. 얼이만 한 때의 나처럼.

오늘 날씨는 좋음

여행 관련 기사를 찾아보다가 '국가별 여행하기 좋은 시기'를 정리한 도표가 있길래 냉큼 저장했다. 여행에서 날씨만큼 중요하고, 마음대로 되지 않는 게 또 있을까? 여행지가 정해지면 가장 먼저 날씨부터 찾아본다. 한 나라, 아니 한 도시에서도 계절과 날씨에 따라 우리는 전혀 다른 풍경을 만나고 완전히 새로운 경험을 하게 되니까.

어릴 적엔 '우리나라에는 아름다운 사계절이 있다'고 배워서 봄 여름 가을 겨울이 우리에게만 있는 줄 알았는데, 우리만큼 계절의 진폭이 크고 또렷하지 않아도 나라마다 계절에 따른 얼굴이 있다. 스위스의 봄은 싱그럽게 시작한다. 날이 점점 투명해지고 녹음이 짙어지다가 온 세상이 푹신한 눈으로 덮이는 겨울이 온다. 계절에 따라 전혀 다른 인상을 남기는 곳들도 있다. 폴란드 바르샤바는 처음 갔을 때 광장에서 분수가 쏟아지는 계절이었는데, 몇 년 후 겨울에 다시 와보니 그 자리에 스케이트장이 열려 있었다. 노천카페에 앉아 내리쬐는 햇살을 즐기던 사람들은 이제 반짝이는 불빛 아래에서 스케이트를 타고 뱅쇼를 마시며 난롯가에 삼삼오오 모여 있었다. 그런가 하면 태국은 크게 세 개의 계절로 나뉘어진다. 여름과 완전 더운 여름, 그리고 비가 오는 여름.

미국 캘리포니아에서 내가 가장 사랑한 것은 그곳의 날씨였다. 일 년 365일 중 360일이 맑고 화창하다는 로스앤젤레스는 왜 천사의 도시라고 불리는지 알 것 같았다. 캐나다는 단풍국이라는 별명답게 가을이 화려하고 아름다웠다. 그러나 토론토에서 맞이한 겨울은 어찌나 혹독하던지, 한번은 시내에 있는데 폭설로 인해 정전이 되면서 눈앞에서 한 블록 전체가 불이 꺼지는 것을 목격한 적도 있다. 여름의 핀란드 헬싱키는 한밤중에도 밖이 하얗게 환했는데, 영국 런던에서는 겨울이면 오후 3시부터 해가 지기 시작했다.

한 나라에서도 지역에 따른 차이가 있다. 케냐 나이로비에서 마사이마라로 가느라 산을 넘어갈 때였다. 높은 곳에서 보니 멀리 구름 아래로 둥그런 그림자가 드리워지는 것과 비가 오는 곳이 분명하게 보였다. 마치 하늘 위에 떠 있는 샤워기 같았다. 만약 우리가 그 아래 있었다면 그냥 그늘이구나, 비가 오는구나 했겠지 싶어 묘한 기분이 들었다.

쿠바에서도 신기한 경험을 한 적이 있다. 버스를 타고 다른 지역으로 이동하고 있는데 비가 내리기 시작했다. 그런데 뭔가 이상했다. 버스를 기준으로 한쪽은 비가 오는데 반대쪽은 여전히 맑았다. 비가 내리는 경계를 달리고 있었던 것이다.

인도에 가기 전에는 폭염에 대비하는 데 신경을 썼다. 하지만 우리는 상상했던 뜨거운 날씨 대신 열대 몬순 기후 한가운데 도착했다. 고즈넉한 해안가에 위치한 고아(Goa)에서 서정적인 시간을 보낼 생각이었지만 현실은 머무는 내내 폭풍우가 몰아닥쳤다. 대도시인 뭄바이로 온 후에도 거리를 걷고 있으면 빗물이 차올라 발목까지 물에 잠겼다. 그러고 보니 나는 여행할 때마다 유난히 비가 많이 왔다. 사하라 사막이 있는 모로코에서도 비를 맞고, 청명하기로 유명한 그리스 산토리니에서도 폭우가 쏟아졌다.

얼이가 내게 물었다. "엄마는 어떤 계절이 제일 좋아?"

글쎄, 어떤 계절이 좋더라. 곰곰이 생각하다가 봄, 가을이라고 대답했다. 어른의 대답이란 이토록 미지근하다. 말하면서도 겸연쩍어서 얼른 얼이에게 되물었다. "얼아, 너는 어떤 계절이 제일 좋아?"

얼이는 기다렸다는 듯 눈을 반짝이며 대답했다.

"응, 나는 여름과 겨울이 좋아!"

"왜 여름이랑 겨울이 좋아?"

"음, 여름은 수영할 수 있어서 좋고, 겨울은 눈사람을 만들 수 있어서 좋아!"

어른이 된다는 건, 세상이 내가 어쩔 수 없는 일로 가득

차 있다는 것을 받아들이는 거라고 하던데. 아닌가? 세상에는 내 맘대로 되는 일이 많지 않다는 걸 깨달으며 비로소 어른이 되는 건가? 그러나 얼이와 함께 해와 비를 맞으며 여행하는 동안 알게 된 것은, 내가 어른이 되는 동안 마음대로 되지 않고 어쩔 수 없는 일들을 있는 그대로 받아들이고 즐기고 누리는 방법을 잊어버렸다는 사실이다.

세 살 얼이와 베트남 호치민을 여행할 때였다. 길가에 놓인 낮은 테이블에 쪼그리고 앉아 쌀국수를 먹고 있는데 갑자기 비가 쏟아지기 시작했다. 정신없이 유아차를 지붕 아래로 옮기고 들이치는 빗물을 훔치고 있는데, 말릴 새도 없이 얼이가 처마를 벗어났다. 그러더니 빗속에서 빙글빙글 돌며 춤을 추기 시작했다. 거리에는 얼이 말고도 베트남 아이들이 아무렇지 않게 그 안에서 뛰어놀고 있었다.

내가 춥지도 덥지도 않은 날을 좋아하는 어른이 되는 동안 아이는 더위도 추위도 끌어안고 한데 어울려 노는 법을 알았다.

한번은 얼이가 옆에서 일기를 쓰고 있길래 봤더니, 날씨를 '좋음'이라고 적어 넣었다.

"얼아, '좋음'이 아니라 '맑음'이라고 써야 하는 거 아니
야?" 하고 물었더니 얼이가 말했다.

"좋은 건 사람마다 다른 거잖아~

비 오는 게 좋은 사람도 있고,

눈 오는 게 좋은 사람도 있고~

더운 게 좋은 사람도 있는 거잖아~"

그러고 보니 오늘만 '좋음'이 아니라 맨날 '좋음'이라고
써났다.

맑아도 좋음. 비가 와도 좋음. 흐려도 좋음.

그러니까 매일 좋음.

어쩐지. 너와 함께 여행한 뒤로는 날씨가 날마다 좋더라.

내가 춥지도 덥지도 않은 날을
좋아하는 어른이 되는 동안
아이는 더위도 추위도 끌어안고
한데 어울려 노는 법을 알았다.

배우는 법 배우기

요즘 얼이와 내가 푹 빠져 있는 게 하나 있다. 바로 '자전거 타기'다. 얼마 전부터 얼이가 두발자전거를 타기 시작했다. 몇 번 잡아줘도 잘 못 타고 어려워하더니 친구들이랑 어울려 나가서는 반나절 만에 타는 법을 배워서 돌아왔다. 그러고 보니 나도 학교 다닐 때 친구들한테 자전거 타는 법을 배웠었다.

자전거나 수영은 한번 배우면 몸이 기억하기 때문에 잊어버리지 않는다더니. 그런데 웬걸, 얼마 전 '따릉이'를 한번 탔다가 그야말로 숨이 넘어갈 뻔했다. 갓 태어난 기린처럼 비틀대다가 결국 대차게 넘어져서 엄지발톱에 새까만 피멍이 들었다. 그렇게 크게 넘어지고 나니 왈칵 겁이 났다. 긴장하고 무서우니 자꾸만 몸이 굳었다. 나는 가다 서다를 반복하다 결국 자전거를 반납하고 걸어서 집으로 돌아왔다.

한번은 손톱을 깎고 있는데, 옆에서 넌지시 보던 얼이가 내게 말했다.

"엄마, 손톱을 너무 짧게 깎으면 안 돼~ 아직 짧게 깎는 방법밖에 몰라?"

며칠 전에는 손이 안 닿는 스위치를 켜는 걸 도와달라고 나를 부르면서, 여기까지는 손이 '아직' 안 닿는다고 내게 몇 번이나 강조했다. "언젠가는 닿을 텐데 그냥 지금 안 닿는 거야. 그러니까 아직이야."

그런데 이번엔 얼이가 내게도 '아직'이냐고 물었다.

"엄마도 아직 몰라서 그래?"

나는 내게 묻는 다정한 그 말이 좋다. 아직 몰라서 서툴고 손도 안 닿고 실수도 하는 거야. 어른도 그래. 아직 다는 모르니까.

이번에는 얼이가 손톱을 깎는데 왼손은 힘이 안 들어가서 조금 어렵다고 했다. 그러면 도와줄까 물어봤더니, 의연하게 대답한다.

"그래도 한번 해볼게~"

아이는 배울 게 참 많다. 이번 주만 해도 얼이에게 샴푸는 동전 크기만큼 짜야 한다는 것과 가득 찬 물병을 따를 때는 컵을 가까이 기울이면 쏟지 않는다는 것과 전선은 너무 구부리거나 감아놓으면 안 된다는 것을 알려주었다. 아이들은 어른들이 이미 아는 것도 가르쳐주어야 안다. 그리고 여러 번 반복해야 익힌다. 두 번, 세 번. 열 번, 스무 번. 그래서 자꾸만 나도 모르게 혼내듯이 말하게 된다. 그런데 얼이는 물을 쏟고도, "앗 몰랐어. 미안해. 가르쳐줘서 고마워." 하고 대답한다. 두 번, 세 번. 열 번, 스무 번. 매번 산뜻하게 사과하고 순순하게 고마워한다. 그때마다 오히려 내가 얼이에게서 배우게 된다. 매번 나는 작은 것을 알려주고 훨씬 큰 것을 배운다. 아이에게는 배울 게 참 많다.

얼이는 몇 해 전 여름부터 수영을 배우기 시작했다. 가까운 수영장에서 강습을 받는데 수영을 배우기 시작한 지 몇 달이 지나도록 진도가 나가질 않았다. 킥판을 잡고 발을 참방참방 구르며 레인을 오가고 팔 동작도 몇 주에 걸쳐 연습했다. 그런데 막상 팔과 다리 동작을 합체하면 삐그덕삐그덕 꼬르륵꼬르륵 움직이는 게 수영장 밖에서 지켜보는 내 눈에도 보였다. 다른 아이들은 날렵하게 앞서가는데 얼이는 아주 씩씩하고 힘차게 못했다. 그 와중에도 나와 눈이 마주치면 꼭 손을 흔들었다. 멀리서 봐도 얼이는 물보라 틈에서 방글방글 웃고 있었다. 수영이 너무 재미있다고 했다. 한동안은 남편이 얼이와 저녁마다 나가서 농구를 가르쳤는데, 돌아와서 내게 살짝 말하길 놀랍도록 운동신경이 없다고 했다. 그런데도 얼이는 아빠에게 늘 먼저 농구하러 나가자고 졸랐다. 줄넘기를 처음 배울 때도 영 엉성했다. 그래도 날마다 줄넘기를 책가방에 넣고 다녔다. 잠깐 슈퍼에 갈 때도 들고 나와서 부지런히 엇박으로 뛰었다. 겨울엔 스케이트장에 데려갔더니 한 시간 내내 꽈당꽈당 넘어졌다. 얼음과 땀으로 옷이 흠뻑 젖었다. 그래도 벌떡 일어나서 다시 달려 나갔다. 넘어지는 걸 겁내지 않았다. 즐겁게 배웠다. 최선을 다해서, 열심히 못했다.

　못해도 괜찮아. 꽁꽁 언 얼굴로도 환하게 웃는 얼이를 보니 나도 정말 괜찮아졌다.

　나는 디자인을, 남편은 작곡을 전공했다. 각자 미술과 음악의 영역을 공부하면서 재능의 세계에서 살아왔다. 잘하는 사람은 열심히 하는 사람을, 열심히 하는 사람은 즐기는 사람을 이길 수 없다고 하지만 현실은 그렇지 않은 경우가 많았다. 그러나 지금 돌아보면 가장 오래 남아 있는 사람은 언제나 가장 즐기는 사람이다. 그리고 나는 이제야 잘하지 않아도 괜찮은 배움의 즐거움을 배운다. 지금은 평생 공부를 해야 하는 시대이고, 이왕 오래 해야 한다면, 그렇다면 즐거웠으면 좋겠다. 잘하든 못하든 상관없이 좋아했으면 좋겠다.

　요즘 나와 얼이는 틈만 나면 밖으로 나가서 자전거를 탄다. 우리 둘 다 실력이 고만고만해서 앞서거니 뒤서거니 한다. 엄지발톱에 피멍이 들고 몇 달 만에 다시 자전거를 타던 날에는 얼이가 나를 막 격려해줬다. 주로 집 근처 하천 옆 자전거 도로를 달리는데, 얼이가 앞장설 때는 자기도 잘 못 타면서 내가 안 넘어지고 잘 따라오는지 틈틈이 확인하고 울퉁불퉁한 길이 나오면 큰 소리로 조심하라고 일러준다. 우리는 매일 조금씩 더 멀리 가는 걸 연습하고 있다.

'아직'은 평지를 달리는 법밖에 모르겠다. 오르막길은 힘이 들고 내리막길은 겁이 난다. 그래도 한번 해보려고 한다. 못해도 재밌다. 못해도 괜찮다. 그게 내가 얼이에게 배운 배우는 법이다.

2부

아이가 집 밖을 나설 때

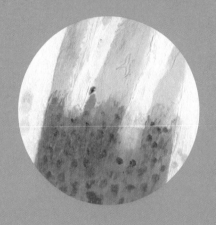

✦

이방인을 대하는 방법

✦

첫 책이 나온 후 나는 깊은 슬럼프에 빠졌다.

오래 꿈꾸던 일이었다. 일이를 낳고 아이가 밤잠을 세 시간 이상 깨지 않고 자게 되었을 무렵부터 긴 글을 쓰기 시작했다. 출산한 지 얼마 되지 않아 바로 디자인 작업에 복귀했고 매일 일기를 쓰고 있었지만, 다른 것을 해보고 싶었다. 나는 긴 글을 쓰고 싶었다. 여행 중에는 낯선 환경에서 감각이 증폭되어 평소보다 더 많은 것을 받아들이고 느끼고 생각하게 된다. 아이를 기르는 일은 마치 여행 같았다. 모든 것이 낯설고 새로웠다. 나는 하고 싶은 말이 많아졌다. 그래서 글을 쓰기 시작했다.

아이와 함께하는 세 가족의 이야기를 썼다. 여행과 일상에 대해, 살아가는 방식에 대해, 내가 배운 경이에 대해 기록했다. 인쇄소에 가려고 얼이가 탄 유아차를 들고 지하철 계단을 홀로 오르내리던 날에도, 셋이서 아프리카 케냐의 초원을 달리고 돌아온 날에도 나는 글을 썼다.

사유와 경험을 엮어 글을 지었고 여러 계절이 지나 나의 첫 책이 세상에 태어났다. 벅찬 경험이었다. 어릴 적부터 그림 그리는 것과 글 쓰는 것을 좋아했지만 하나를 선택했기에 다른 하나는 포기해야 하는 줄 알았다. 그러나 삶은 그런 게 아니었다. 묻어두었던 꿈은 때가 되자 여물어 단단한 지면을 뚫고 나와 싹을 틔웠다. 책은 작가 혼자가 아니라 여러 사람의 수고와 손길을 거쳐 만들어진다는 것도 알게 되었다. 세상의 수많은 것이 그렇게 자라고 태어나듯이.

한동안 아침이면 포털사이트에 책 이름을 검색해봤다. 올라온 리뷰를 읽어보고 몇 번의 북토크도 진행했다. 그러던 중 질문을 하나 받았다. 작가님은 슬럼프가 언제였나요?

그 질문을 따라가던 나는 그제야 내가 지금 답변의 한가운데 잠겨 있음을 알았다. 나는 슬럼프였다. 행복하고 들뜨고 설 렜지만, 저 아래 깊은 곳에는 슬픔과 분노가 뒤엉켜 괴어 있 었다.

디자이너는 즉각적인 평가와 닿아 있는 직업이다. 피드 백을 받는 것은 내게 익숙한 일이었다. 익숙하다는 것이 좋 아한다는 의미는 아니다. 나는 작업에 지식과 감각, 열정과 애정을 쏟아붓고 그것을 선보이고 설득하는 일을 사랑했지 만, 정면에서 곧바로 평가받는 일에는 아무래도 노련해지지 가 않았다.

처음에는 일과 나를 분리하는 법을 잘 몰랐다. 나를 자 르고 베어내어 작품을 만들었고, 내가 만든 결과물이 곧 나 였다. 사람들의 평가와 반응에 타오르고 얼어붙기를 반복하 다가 시간이 갈수록 칭찬에도 혹평에도 무뎌졌다. 그 굴레를 벗어나고 싶어서 디자인 브랜드를 만들어 세상에 내놓았지 만 이제 클라이언트는 잘게 부서진 채 대중이라는 이름으로 존재했다. 그전과 다른 점이라면 상품평이라고 적힌 한 줄짜리 피드백을 받게 되었을 뿐이었다.

그래서 나는 첫 책을 출간하면서 나름 마음의 준비를 했다. 내 글이 누군가에게 가서 닿을지 울림을 만들어낼 수 있을지 궁금했다. 멀리 띄운 연애편지의 답변을 기다리는 것처럼 설레고 또 두려웠다. 사람의 마음은 모두 다르고, 그렇기에 우리는 감동하기도 절망하기도 한다. 그리고 그 제각기 다른 모양이 세상에 풍요한 아름다움을 가져온다. 출간 후 여러 형태의 답변을 받으며 나는 혼자 글을 쓰던 모든 밤의 위로를 얻었다. 책은 독자에게서 완성된다는 의미를 이해하게 되었다. 그러나 한편으로는 다른 형태의 말들도 내게 속속 도착했다.

누군가는 자기들 좋자고 아이를 데리고 여행을 다니는 게 이기적이라고 했다. 비행기나 기차에 아이가 타는 게 너무 싫다는 말도 덧붙여졌다. 또 다른 누군가는 아이가 다 클 때까지 아무 데나 다니지 말고 참고 희생하는 게 마땅한 부모의 도리라고 했다. 어느 누구는 우리 부부의 관계나 나의 옷차림에 대해 비난했다. 의견과 폭력의 경계는 어디인지. 상대는 내가 누구인지 알지만 나는 모르는 낯선 사람에게 얻어맞는 기분이었다. 뒤집어쓴 오욕이 곪아 속에서 쓴내가 났다. 나는 다시 잠을 이루지 못했다. 아무리 생각해봐도 아이가 여행을 함께 갈 수 있는 적당한 시기가 언제인지, 아이가 집 밖을 나설 수 있는 때는 언제인지 정답을 맞출 수 없었다.

누군가 나와 비슷한 일을 겪는다면 나는 글에 대한 비판이 아닌 삶에 대한 비난은 그냥 무시하라고 했을 것이다. 그러나 나는 그러지 못했다. 대신 자기 검열을 시작했다. 계속해서 일상을 살아가야 했지만, 내가 달라지자 모든 것이 달라졌다. 나는 얼이와 다니는 동안 끊임없이 주위를 살피고 스스로를 다그치고 얼이를 그전보다 훨씬 더 자주 혼냈다.

그즈음 얼이와 단둘이 동생이 살고 있는 미국에 갔다. 나는 이방인이 되고 싶었다. 낯설고 다양한 사람들 속에 숨고 싶었다. 저렴한 항공권을 구매했더니 중간에 경유를 해야 했는데 수하물을 찾아서 카트로 이동해 다시 보내야 하는 공항이었다. 비행시간마저 아주 늦었다. 그러나 둘이 함께 기꺼운 마음으로 무거운 가방을 옮기고 긴 줄을 서고 처음 온 공항을 구경하며 탑승을 기다렸다. 낯선 곳에 둘만 있으니 서로가 위안이 되었다. 열 시간이 넘는 비행도 힘들지 않았다. 종이접기를 하고 영화를 보고 그림을 그리고 이야기를 나누다가 서로에게 기대어 잠이 들었다. 잠에서 깨어 보니 미국이었다.

얼이와 나는 찬찬히 로스앤젤레스를 여행했다. 횡단보도 근처에 다가가기만 해도 차가 멈추는 도시에서 야트막한 보도블록 위를 걸었다. 얼이는 평소 버스에 탈 때마다 휠체어석에 어떻게 휠체어가 고정되는지 궁금해했는데, 휠체어 이용자가 버스를 타는 것을 실제로 처음 보았다. 다 자란 어른인 나도 휠체어를 타고 놀이공원에 놀러 온 사람들을 그 여행에서 처음 보았다. 환한 대낮에 환경미화원이 거리를 쓸고 쓰레기통을 비웠다. 식당에 가면 주문을 받기 전 제일 먼저 아이에게 그림 그릴 종이와 크레용을 가져다주었다. 도시 곳곳 세련되고 허름하고 붐비고 고요한 모든 곳에서 우리는 다양한 사람을 만났다.

그날은 로스앤젤레스 시내에서 동생을 만나 저녁을 먹

고 장을 보러 마켓에 들른 참이었다. 동생은 뭔가를 찾으러 잠깐 자리를 비웠고, 얼이는 한껏 신이 나서 진열된 물건을 구경하고 있었다. 나는 종일 돌아다녀서 피곤했고, 얼이가 이것저것 만지지 않도록 계속 따라다니며 주의를 주느라 신경이 곤두서 있었다. 그때 한 노부인이 다가왔다. 이 도시에서는 스치기만 해도 인사를 하고 간단한 대화를 나누는 일이 잦았다. 나는 찌푸리고 있던 고개를 돌려 그녀를 바라보았다. 그러자 그분이 얼굴 가득 환한 웃음을 보이며 내게 말했다.

"아이가 정말 귀여워요!"

나는 순간 멍해졌다. 그 온기 가득한 말에 무어라 대답해야 할지 몰랐다. 그녀는 꼭 말해주고 싶었다는 듯 만면에 미소를 띠며 나와 얼이에게 웃어 보였다. 그리고 다가올 때처럼 아무렇지 않게 본인의 휠체어를 밀며 멀어졌다. 여행 내내 비슷한 일이 여러 번 반복되었다.

그 마음에 대해 생각한다. 이방인을 환대하고 약자를 대하는 방식에 대해. 다양한 이들이 사회에서 어울려 살아가는 풍경에 대해. 내가 지나온 시절을 어여삐 여기는 마음에 대해. 시간과 공간을 기꺼이 내어주고 기다리는 배려에 대해. 고단함으로 그조차 잠시 잊은 이들을 넌지시 일깨워주는 그 온화함에 대해. 나는 오래 생각했다.

작은 여행자들

얼이가 일곱 살 때 유치원에서 가족이 일일선생님으로 참여하는 수업을 진행했다. 친구 가족들이 준비한 수업은 날마다 다양하고 다채로운 프로그램으로 채워졌다. 우리 집에서는 내가 일일선생님으로 가기로 하고 어떤 시간을 가지면 좋을지 한참 동안 고민했다. 그러다 '부루마불'을 떠올렸다. 세계여행을 떠나는 보드게임 말이다.

그 무렵 부산 여행을 다녀오면서 얼이와 처음으로 부루마불을 함께 했다. 일찌감치 숙소로 들어왔던 날, 셋이 둘러앉아 부루마불을 꺼냈고, 얼이는 곧 이 재미있는 게임에 빠져들었다. 그 뒤로 한번 시작하면 두세 시간 넘게 이어져서 한동안은 얼이 눈에 띄지 않는 곳에 게임을 슬쩍 치워두기도 했다. 몇 달 뒤 북토크가 있어서 다시 부산에 가게 됐는데, 얼이에게 부산에 가면 하고 싶은 게 있냐고 물어봤더니 대번에 "부산에서는 부루마불을 해야지!" 하고 대답할 정도였다. 생각해보면 어린 나도 그 게임을 아주 좋아했다. '코펜하겐'이나 '부에노스아이레스'처럼 가보지도 않은 먼 도시의 지명이 친근해진 건 그 게임 덕분이었다.

나는 얼이가 지금까지 여행한 나라로 보드게임을 만들어보기로 했다. 본업을 발휘해서 보드게임판을 디자인하고 대형 실사출력을 했다. 교실 바닥에 넓게 펼쳐놓고 말 대신 아이들이 그 위를 직접 뛰어다닐 수 있게 만들었다. 각 칸에 얼이가 여행한 나라를 넣고, 모든 나라에 대한 자료와 사진을 모아서 따로 PPT를 만들었다. 푹신하고 커다란 주사위도 준비했다.

수업하는 날이 되었다. 친구들이 커다란 보드게임판 주위로 둘러앉았고, 나는 게임하는 방법을 설명해주었다. 친구들이 한 명씩 주사위를 던지고 주사위가 멈출 때마다 도착한 나라에 대한 사진을 보여주면서 이야기를 이어갔다. 어린이들은 아주 적극적으로 참여했다. 번쩍번쩍 손을 들고 힘차게 앞으로 나와서 힘껏 주사위를 던졌다. 주사위는 네모나서 굴러가다가도 반드시 멈췄고 어느 나라에 도착하든 모두가 눈을 총총 빛냈다. 서슴없이 대륙을 넘나들었다. 설명하는 동안 아는 내용이 나오면 자신의 의견이나 생각을 보태고, 처음 듣거나 몰랐던 내용은 신기해했다.

친구들 중에는 얼이만큼 여행을 좋아하는 아이도 있겠지만, 여행을 좋아하지 않거나 아니면 여러 상황과 사정으로 여행을 가지 못한 친구들도 있을지 모른다. 하지만 여행을 좋아하든 아니든, 여행을 하든 그렇지 않든, 아이들에게 세상이 쉽고 재미있어 보였으면 했다. 만만하고 친근해졌으면 하고 바랐다.

나는 성인이 되기 전까지 한 번도 비행기를 타본 적이 없었다. 책에서 이국을 여행하고 부루마불 게임을 하는 것을 좋아했던 어린이는 어른이 되어 진짜 여행을 떠나게 되었을 때 멀리 가는 게 두렵지 않았다. 내 나이보다 많은 나라를 여행하며 살고 싶다는 생각을 했다. 그리고 지금까지 그 꿈을 잘 이어가고 있다.

예전에 한 잡지사와 인터뷰를 했을 때다. 아이와 다녀온 여행지가 난이도 높은 곳들이 보이는데 어려움은 없었냐는 질문을 받았다. 되짚어보면 비행시간이 길거나 환경이 위생적이지 않거나 물가가 비싸거나 지내기 불편한 곳도 있었다. 에스토니아에서 러시아로 버스를 타고 국경을 넘어갈 때는 한밤중에 잠든 얼이를 들쳐 안고 걸어서 입국심사를 받으러 갔고, 케냐에서는 오후 동안 숙소에 전기가 아예 들어오지 않았다. 하지만 어디에나 좋은 면이 있고 우리는 그것들을 찾아내는 걸 좋아했다. 어느 곳을 가든 그곳에도 아이들이 자라고 있으니 아이와 함께 가지 못할 곳은 없었다.

얼이는 모든 여행을 즐겼다. 걸음마를 시작하고 처음 떠났던 여행에서부터 마음껏 걸어 다니고 처음 만난 친구들과 인사하며 마주치는 모든 것을 감각을 열고 받아들였다. 어린 시절에는 성장해가는 게 눈에 보인다. 여행에도 그 과정이 고스란히 묻어났다. 말을 하기 시작할 무렵에는 여행에 대한 감상을 언어로 들려주고, 그림을 그리게 되자 풍경을 종이에 담아냈다. 이제는 먼저 공부하고 준비해서 여행을 이끌기도 한다. 놀이터든 숲 속이든 박물관이든 아이는 아이의 눈높이에서 자신만의 방식으로 그곳을 즐긴다.

이야기하는 것을 좋아하는 나와 다르게 여행은 좋아하지만 수줍음이 많아서 친구들에게 여행 이야기는 거의 하지 않는 얼이도 유치원 교실에서 떠난 세계여행에서는 친구들과 함께하는 여행이라 그런지 평소보다 들떠 보였다.

다 같이 지구를 한 바퀴 돌고 난 뒤에는 모두에게 선물을 주었다. 세계지도가 그려진 작은 지구본 모양의 말랑한 공이었다. 모두가 하나씩 세상을 손에 들고, 품에 안고 갔으면 해서. 아이들은 너 나 할 거 없이 공을 통통 튕기면서 집으로 돌아갔다.

공은 어디로든 굴러간다. 나는 여전히 아이들에게 세상이 재미있어 보였으면 좋겠다. 그날이 언제든 거기가 어디든 갈 수 있다고 믿을 수 있기를 바란다.

어느 곳을 가든

그곳에도 아이들이 자라고 있으니

아이와 함께 가지 못할 곳은 없다.

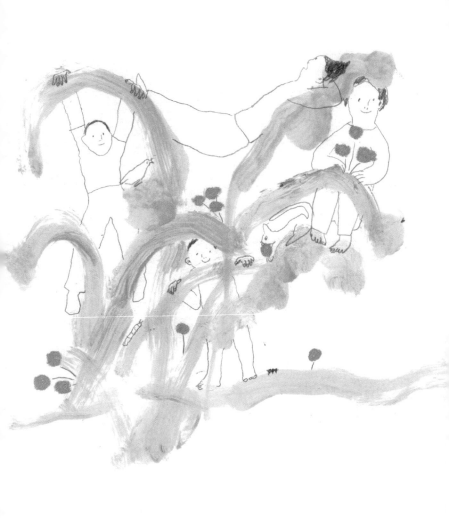

내가 알지 못하는 언어

나는 얼이를 키우면서 한 사람이 자라는 과정을 아주 가까이, 곁에서 지켜볼 수 있는 기회를 얻었다. 작은 사람이 어떻게 무언가를 배우고 익히는지. 처음에는 자기 것인지도 모르던 팔다리를 움직여 점차 섬세하게 근육을 사용하고, 목을 가누고 익숙하게 몸을 뒤집고, 조금씩 원하는 만큼 이동한다. 뭔가를 붙들고 균형을 잡아 일어선 후에는 넘어지지 않도록 자신의 체중을 지탱하며 걷게 된다. 대개는 더디지만 가끔은 깜짝 놀랄 만큼 성큼 건너뛰면서 아이는 자랐다. 많은 날이 고되었지만 성장을 지켜보는 일은 즐겁고 대견했다.

그중에서도 가장 경이로웠던 것은 바로 사람이 언어를 배우는 과정이었다.

　걸음마도 느리고 첫니도 돌이 지나서야 났던 얼이는 말도 나릿나릿 시작했다. 말을 하고 글을 익히는 과정도 걷는 것과 비슷했다. 충분히 듣고 많이 보고, 발음을 하고 글씨를 쓸 수 있을 만큼 근육도 자라야 했다. 얼이는 둘 다 아주 천천히 익혔다. 그러다 어느새부턴가 하나둘 의미를 가진 말을 꺼내놓기 시작했다. 아이가 처음 입 밖으로 내어놓은 단어들이 너무 신기하고 귀해서 나는 그 조각을 주워 담아 하나하나 일기에 적어두었다. 받아쓰기가 시작된 것이다. 오랫동안 한 음절이었던 말은 천천히 조금씩 길어지더니 마침내 문장이 되었다. 처음에는 무슨 의미인지 알아듣지 못했던 소리의 조각들도 점차 이해할 수 있는 형태가 되었다. 얼이는 착실하게 이 세상의 말을 배워나갔고, 나는 얼이의 말을 매일 받아 적었다. 아주 오래전 나의 언어였으나 이제는 잊어버리고 잃어버린 말들이었다.

그러던 중 팬데믹이 시작되었고 한동안은 아예 집 밖으로 나갈 수가 없었다. 여행은 계속 미뤄지다 전부 취소되었다. 우리는 대부분의 시간을 집에서 보냈지만, 그래도 여행이 하고 싶었다. 그 무렵이었다. 나는 중국어를 배우기 시작했다. 왜 중국어였는지는 모르겠다. 다만 확실한 것은 그때 내게 가장 멀고 낯선 언어 중 하나였다. 이전까지 전혀 알지 못했던 언어를 배우는 일은 기대보다 훨씬 재미있었다. 나는 독학을 하다가 내친 김에 자격증 시험도 봐서 합격했다. 시험을 보는 것 자체가 너무 오랜만의 일이라 한 대학교에서 치러진 시험장까지 가는 길이 오지로 떠나는 것보다 새롭고 설레었다.

그 후 시간이 더 지나서 우리 가족은 스페인행 항공권을 덜컥 예약했다. 출국은 열 달 후가 될 예정이었다. 갈 수 있을지 없을지는 모르지만 기대하는 걸 멈출 수는 없었다. 여행을 준비할 겸 이번에는 셋이서 다 같이 스페인어를 배워보기로 했다. 그때부터 처음 보고 듣는 새로운 언어를 매일 조금씩 공부하기 시작했다. 스페인어도 생소하기는 매한가지였지만 아무것도 모르는 낯선 언어를 배우는 일은 어딘가 여행과 비슷한 데가 있었다. 어렵지만 배울수록 신기하고 재미있었다. 처음에는 크게 열의를 보이지 않던 얼이도 엄마 아빠와 같이 속도를 맞추어 공부하다 보니 자연스레 조금씩 흥미를 붙였다. 우리는 아이처럼 공부했다. 인사말부터 숫자 표현까지. 특히 스페인어에는 흥미로운 점이 몇 가지 있었는데, 영어와 달리 말하거나 질문할 때 한국말과 어순이 같고, 동사보다 목적어가 앞에 올 때가 많았다.

그래서 사랑한다는 말은 스페인어로 하면 'Te quiero'. Te는 너라는 뜻이고, quiero는 원한다는 뜻이니까 한국말과 어순이 같다. 너를 사랑해.

Quiero는 '원한다'는 의미로 주로 사용되지만 사랑한다는 뜻도 담겨 있다. 너를 원해. 너를 사랑해. 남편은 스페인어가 낭만적이라고 했다. 언어에는 문화와 정서가 스며 있다.

그렇게 열 달이 지나고 우리는 스페인으로 떠났다. 스페인어가 영어와 다른 점은 단순히 잘하고 못하고를 떠나 오랫동안 배우고 평소에도 자주 노출되는 영어와 달리 스페인어는 우리 일상에서 전혀 들을 수가 없다는 점이다. 그래서 스페인 바르셀로나로 가는 비행기 안, 기내 안내방송으로 처음 누군가 직접 말하는 스페인어를 들었던 순간은 충격이었다. 더 놀라운 것은 이전에는 전혀 알지 못했던 말인데 이제는 일부나마 단어들이 귀에 들려왔던 것이다. 언어를 알게 되면, 그때부터는 소음이 의미가 된다. 아주 오래전 잊어버렸지만 우리가 어릴 적 경험했을 그 반가운 기쁨을 다시 한번 맛보는 시간이었다.

하지만 고작 열 달 공부한 것으로 나의 스페인어는 일천했다. 그러나 또 다른 즐거움이 있었으니, 복잡한 문장은 몰라도 아이들이 말하는 짧고 단순한 문장은 이해할 수 있었던 것이다. 다른 것보다 아이들이 하는 말을 알아들을 수 있어서 너무 행복했다. 가게에서 엄마 손을 붙잡은 아이가 "Mama, Mira esto.(엄마 이것 봐)" 하고 말하는 소리가 들려오면 나도 모르게 슬며시 웃음이 났다.

한번은 얼이가 매대 앞에서 기념품을 사달라고 조르고 있는데, 옆에서 지나가던 아이가 말했다. "Quiero comprar.(나 사고 싶어~)" 그 얘기를 듣고는 우리 셋이 동시에 웃음이 터졌다. 언어가 달라도 아이들은 어딜 가나 비슷하구나 싶어서.

　아이들의 대화에 동참하고 싶다면 다른 언어를 배우는
것을 추천한다. 기왕이면 아주 낯설고 새로운 언어가 좋겠
다. 언제라도 우리에게 또 다른 세계를 열어줄 테니.

불편하고 아름다운

2019년 서울시는 미세먼지를 줄이기 위한 조치로 사대문 안에 노후경유차 운행 제한을 시행했다. 그 무렵 우리는 사대문 근처에 살면서 노후경유차를 타고 있었다. 차에 매연 저감장치를 설치하는 방법이 있었지만 지원금을 받더라도 비용이 드는 데다 차도 오래되고 주행거리가 많아서 우리는 차를 새로 구입하기로 결정했다.

그때부터 고민이 시작됐다. 자동차는 우리 둘 다 사용하니까 두 사람 모두의 기준과 취향을 만족시켜야 하는데(얼이는 아직 운전을 하지 않으니 논외로 했다), 남편과 나는 취향에

교집합이라고는 없기 때문이다. 그러나 생각보다 금방 고민이 끝났다. 우리의 다음 차는 지프가 되었다.

우리 차는 어릴 적 자동차를 그려보라고 하면 그리던 네모난 자동차 그림처럼 생겼다. 초기 디자인을 지금까지 고수하고 있어서 오래전 모델도 지금 모습과 크게 다르지 않다. 덕분에 얼이는 우리 차를 옛날 영화에서도 종종 발견하고 때론 박물관에서도 본다. 이 차에는 재미있는 구석이 많은데, 일단 차의 지붕이며 문짝을 원하는 대로 뗄 수 있다, 마치 레고처럼. 차의 이름을 루비콘 강에서 따온 만큼 얕은 물도 건널 수 있으며 차 내부 바닥에는 물이 빠지는 배수구가 있다. 보닛에는 잠금장치가 달려 있고, 앱으로 시동을 거는 시대에 주유구도 열쇠로 열어야 한다.

내가 반해버린 이 모든 매력은 고스란히 이 차의 단점이 되었다. 간단하게 말하자면 불편하기 짝이 없다. 요즘 차량에 흔히 있는 편의기능도 대부분 없다. 오프로드에 강한 대신 승차감이 아늑하거나 조용하지 않다. 이건 애정 어린 표현이고, 다시 말하면 다른 차에 비해 시끄럽고 불편하다.

무엇보다 차체가 아주 높다. 나는 이제 운전하는 날에는 치마를 입지 않는다. 폭이 좁은 스커트를 입으면 아예 차에 올라탈 수가 없다. 특유의 버튼식 손잡이와 무거운 문도 가끔 버겁다. 우리가 차를 산 뒤 처음 타보신 엄마는 "너네 차는 밥 한 공기 먹고는 못 타겠다"라는 짧은 평을 남기셨다. 한번은 SUV인 남동생 차를 탔다가 차가 조용하다고 했더니, 동생이 "누나… 요즘 탱크 타고 다녀?" 하고 되물었다.

하지만 나는 이 차와 단번에 사랑에 빠졌다. 불편하고 번거로운 모든 게 좋았다. 전부 마음에 들었다. 세상에서 제일 예쁜 차도, 세상에서 제일 비싼 차도 아니지만, 내게는 세상에서 제일 좋은 차였다. 내 맘에 맞춘 듯 꼭 들어맞았다. 이제는 어떤 차를 봐도 부럽지 않다. 우리 차는 얼이가 그린 자동차 그림과 닮았다. 얼이도 이 차를 아주 좋아했다. 나와 다른 점이 있다면 나는 이 차의 불편한 면도 좋아했지만, 얼이는 아예 그 모든 부분을 불편하게 여기지 않았다는 점이랄까.

차를 산 지 얼마 되지 않아서 혼자 여행을 떠났다. 코로나19가 한창이다가 잠시 소강 상태가 되어 내내 집에 있던 얼이가 몇 달 만에 다시 학교에 나가기 시작했을 무렵이었다. 남편이 휴가를 내서 얼이를 돌보고 나는 혼자서 차를 몰고 속초로 갔다. 처음으로 한계령을 넘었다. 터널이 개통되고 난 뒤 예전만큼 사람들이 찾지 않는 길은 이제 통로가 아니라 목적지가 되어 있었다. 지나가는 사람이 아니라 거기에 도착하려는 이들이 찾아갔다. 나는 달리는 동안 차와 조금씩 친해지면서 좁고 가파르고 구불구불한 그 길을 한참 동안 올라갔다 내려왔다. 터널을 통과했으면 빨랐을 텐데, 산을 넘어왔더니 행복했다.

우리는 그 불편한 차를 타고, 차박도 하고 캠핑도 했다. 불편한 걸로 따지자면 캠핑만 한 게 없다. 우리는 고구마와 마시멜로를 잔뜩 구워 먹고 셋이 어깨를 맞대고 누웠다. 처음 차에서 자던 날은 셋이 나란히 눕기엔 사실 좀 좁았다. 산속에 위치한 캠핑장이 추워서 자고 일어나니 차창에는 온통 김이 서려 있었다. 얼이는 김 서린 창문에 하트를 한가득 그려놓았다.

우리가 좋아했던 '불편하고 아름다운 것'은 차 말고도 또 있다. 기차를 타고 여행할 때 주로 지내는 게스트하우스나 한옥이 그렇다. 나의 한옥 사랑은 유난하다. 안동에 가기로 했을 때는 오래전부터 가보고 싶었던 농암종택에 방이 있는지부터 알아보고 당장 예약을 했다.

안동에는 늦은 시간에 도착했다. 안동역에 내리니 이미 해가 넘어간 후였다. 캄캄한 산길을 한참 달려 농암종택에 닿았다. 바로 옆은 숲이고 물인데 어두워서 아무것도 보이지 않았다. 밤공기가 선득한 계절이었고 문에는 한지가 붙어 있었다. 우리는 보드랍고 두터운 이불을 덮고 뜨끈뜨끈한 방바닥에 누워 단잠을 잤다. 다음 날, 아침 햇살에 드러난 한옥은 산과 강의 일부처럼 보였다. 야트막한 기와담으로 고양이들이 넘나들었다. 얼이는 고무신을 신고 집 안팎을 부지런히 돌아다녔다. 마당에서 뛰는 소리가 토닥토닥 들렸다.

불편하고 아름다운 것들은 필연적으로 시간과 수고를 필요로 한다. 우리가 무엇을 사랑하는지 알려면 돈과 시간을 어디에 쓰는지 보면 된다는 말이 있다. 반대로 우리가 소유와 마음을 쓰는 동안 완성되는 미학과 서사도 있을 것이다.

그럴 때 우리는 불편하고 아름다운 것을 사랑하게 된다.

최근에 만난 가장 불편하고 아름다운 것은 포르투갈에 있다. 리스본의 알파마 지역인데, 여행을 준비할 때 지도를 훑어보고 기차역에서 가까워서 숙소로 정한 동네다. 그러나 우리가 간과한 것이 있었으니, 기차역과 근접한 그 동네는 엄청나게 복잡한 골목과 높은 언덕에 위치했던 것이다.

때문에 숙소를 찾는데 구글맵에서 알려주는 것보다 시간이 배 이상 걸렸다. 길 찾는 난이도와 골목의 경사로는 지도에 반영이 안 되는 걸까? 울퉁불퉁한 돌바닥에는 소요시간을 더해줘야 하는 거 아닌가? 그나마 길을 제대로 찾으면 다행이었다. 그 동네에서는 어딜 가려고 해도 헤매기 일쑤였다. 아니 어쩌면 이런 동네를 골랐을까.

간신히 도착한 숙소에 짐을 풀고 해가 넘어가기 시작한 골목으로 다시 나왔다. 집에서 몇 걸음 걸어 나오니 멀리 바다가 보였다. 그 곁으로 색색의 집들이 차곡차곡 겹쳐 있는 모습이 고운 색만 골라 단정하게 그린 엽서 같았다. 좁고 가파른 골목으로는 가느다란 선들이 연결되어 있고, 그 선을 따라 노란색, 빨간색 트램이 사람들을 싣고 오르내렸다. 밤이 늦도록 길을 잃고 찾기를 반복하며 우리는 걷고 또 걸었다.

다음 날 아침은 안개가 짙었다. 바로 앞에 있던 바다도 숨어드는 안개였다. 멀리 우리 시선을 빼앗던 것들이 가려지고 대신 가까운 모든 것이 뽀얗게 드러났다. 먹먹할 정도로 아름다웠다.

안개는 이내 걷혔다. 그 이른 아침이 아니었다면, 우리가 그곳에 있지 않았다면 볼 수 없었을 풍경이었다. 아니 어쩌면 이런 동네를 골랐을까. 이렇게 불편하고 아름다운 동네를.

처음 도착했을 때 골목을 걷느라 너무 고생해서 떠날 때는 꼭 택시를 타기로 했다. 그러나 기다리던 택시가 복잡하고 좁은 골목으로 들어오지 못해서 우리는 결국 다시 캐리어를 이고 지고 큰길로 걸어 나갔다.

어휴, 이 불편한 동네. 투덜거리고 있으려니 옆에 있던 얼이가 여기는 바닥이 울퉁불퉁해서 트램이랑 차가 다가올 때 다른 소리가 난다고 알려줬다. 그러더니 "어, 트램 온다!"

하고 반긴다.

불편한데 재미있고, 불편해도 사랑스럽다. 그런 것들은
우리 삶 곳곳에 얼마든지 있다.

✦

노 당신 존

✦

얼이와 영화 '그린북'을 보았다. 몇 년 전 이 영화가 개봉할 무렵 영화를 소개하는 글을 읽다가 처음 그린북에 대해 알게 되었다. 영화의 제목이기도 한 그린북은 미국에서 인종분리정책이 시행되던 시대에 출간된 흑인여행자를 위한 안내서를 말한다. 흑인들이 이용할 수 있는 호텔, 레스토랑 등이 기재되어 있었다고 한다.

그 책의 존재를 처음 알게 되었을 때 생각했다. 아, 우리도 이런 책이 있었으면 좋겠다.

당시 나는 어딜 가든 유아차와 함께였고, 국내 여행을 계획하면서 아이 동반이 가능한 숙소를 찾느라 지쳐 있는 상태였다. 내게는 그린북이 필요했다. 어느 역에 엘리베이터가 있는지, 어느 역에서 환승해야 유아차를 들고 계단을 오르지 않을 수 있는지, 어느 카페와 어떤 숙소가 노키즈존인지. 차라리 누가 좀 알려줬으면 했다.

사람들은 말했다. 그럼 안 가면 되지. 그냥 집에 있으면 되잖아. 굳이 거기 가려고 하지 마. 그거 다 부모 욕심이야.

그즈음 영화 '겨울왕국2'가 개봉했다. 영화는 흥행에 성공하며 아이들을 작은 엘사로 만들었지만, 한편 노키즈존 논란이 얼음폭풍처럼 불어닥쳤다. 일부 관람객은 아이들이 영화 관람에 방해된다며 상영관을 노키즈존으로 운영해줄 것을 요구했다. 온라인에서는 설전이 벌어졌고 찬반 의견은 팽팽했다.

몇 년이 지나 이제 얼이는 더 이상 유아차를 타지 않고, 영화관에 가서 러닝타임이 세 시간이 넘는 영화도 함께 본다. 아이는 영화관에서 떠들지도 앞자리를 발로 차지도 않는다. 열 시간이 넘는 장거리 비행도 수차례 함께 했고, 둘이서 기차를 타고 낯선 도시로 가서 2층 침대가 나란히 놓인 게스트하우스에서 지내기도 한다.

　　그러던 어느 휴일 오후, 영화 '그린북'을 보았다. 오래 미뤄두었던 영화를 하나씩 꺼내보는 그런 오후였다. 영화는 1960년대 미국을 배경으로 우아하고 지적인 흑인 피아니스트 돈 셜리가 그의 남부지방 순회공연을 위해 이탈리아계 이민자인 백인 남성 토니 발레롱가를 운전기사로 고용해서 그들이 그린북을 가지고 함께 여행하는 과정을 따라간다.

　　영화 속에 등장하는 그린북은 내 생각과 같지 않았다. 그것은 여행가이드라기보다는 생존안내서에 가까웠다. 두 사람은 각자 다른 호텔에 묵었고, '집처럼 편안하다'고 적혀 있는 곳을 찾아가도 현실은 그것과는 많이 달랐다. 영화에는 거대한 차별과 일상적 혐오와 사소한 편견이 차곡차곡 놓여 있었다. 우여곡절을 겪으면서도 그들은 미국 남부를 가로질러 달려간다. 그러다 어느 장면에서 영화를 따라가던 마음이 연기가 나면서 덜컥 멈춰 섰다. 셜리가 바에 갔다가 흑인이라는 이유로 봉변을 당한 것이다. 토니는 달려와서 그를 도와주지만, 바람 좀 쐬려던 거라는 그의 말에 '마음대로 아무

데나 가지 말라'고 한다. 나는 그 대사를 이전에도 들은 적이 있다. 영화가 아닌 현실에서. 그러나 나는 얻어맞고도 다음 날 연주를 마치고 환대에 감사하다고 웃으며 인사하던 셜리처럼 의연하지 못했다.

'노키즈존'이라는 단어는 내게 일종의 트리거가 되었다. 나는 그 단어를 미워하고 무서워했다. 이 주제에 관해 침묵하면서 수없이 길고 짧은 글을 쓰고 지웠다. 얼이 학교 앞에도 노키즈존이라고 문 앞에 써놓은 카페가 있다. 유리문 위에 적힌 하얗고 작은 그 글씨를 나는 부러 못 본 체하고 먼 길을 돌아갔다. 그렇게 내가 필사적으로 피하는 동안 비행기 안에서 아기를 동반한 부모가 폭행을 당하고, 아이와 부모를 혐오하고 조롱하는 글에는 쉽게 불이 붙었다.

모든 혐오는 닮아 있다. 모든 폭력이 그렇듯이. 무언가 하나를 미워하고 배제하는 사회에는 반드시 다른 구석에도 어둠이 있다. 노키즈존이 있는 나라에서 영어 메뉴만 있는 키오스크를 설치하고 그 앞에서 버벅거리는 노인들에게 눈치를 주며, 지하철을 타는 장애인을 저주하고, 가난을 조롱

하고, 생김새가 다른 이들을 차별하며, 어느 카페에서는 중고생 출입금지를, 또 다른 캠핑장에서는 중년 출입금지를 내거는 것은 이상한 일이 아니다. 그러나 우리는 언제든 우리도 그 자리로 내몰릴 수 있다는 것을 쉬이 잊는다. 아무 일도 일어나지 않고 절대 이방인이 되지 않을 것처럼, 한 번도 어린 적이 없고 결코 나이 들지 않을 것처럼 살아간다.

2022년에는 우리나라에 '이상한 나라의 우영우'라는 드라마가 화제의 중심에 섰다. 드라마는 자폐인의 현실을 보여준다는 극찬과 자폐인의 실상을 왜곡한다는 비판을 동시에 받았다. 드라마에 우려를 보내는 사람 중에는 실제 자폐인 가족도 많았다. 평소 텔레비전을 거의 보지 않는 우리 가족도 모든 회차를 함께 보면서 드라마에 관련된 인터뷰나 기사도 가능한 많이 찾아 읽었다. 자폐스펙트럼은 말 그대로 폭이 넓었다. 그동안 드러나지 않았을 뿐 이미 주변에 많이 존재했다. 얼이와 같은 학교 친구 중에도, 우리 가족 가까이에도 있다. 그러나 그동안은 무지했다. 그래서 알고 싶었다. 물론 그들은 하나가 아니기에 모두 다른 생각을 가지고 있겠지만, 그래도 이러한 논쟁 속에서 그들이 우리 곁에 존재하고 있었음이 드러났다. 모든 사회에는 다양한 약자가 존재한다. 그리고 그 안에서 그들이 드러나고 자리하는 방식으로 그 사회를 읽을 수 있다.

우리는 전부 연약하게 태어나 다시 약자로 돌아갈 것이다. 다만 잊고 있을 뿐. 지금도 언제든 소외되고 이상한 존재가 될 수 있다. 그러니 고통스럽고 불편하더라도 이 이야기를 더 많이 해야 한다. 서로에게 자리를 내어주어야 한다. 나와 상관없는 이야기는 여기 없다. 노키즈존은 언제나 당신의 이야기다.

환승 여행, 가는 길도 여행이니까

아무리 생각해도 이해가 되지 않는 것들이 있다. 설명을 들으면 '아하, 그렇구나' 하다가도 '아니, 그런데…?' 하게 되는 것들. 이를테면 차가 막히는 것. 머리로는 이해가 되면서도 은근슬쩍 '아니, 근데 맨 앞 차는 도대체 뭘 하고 있는 거지?' 하는 생각이 드는 것이다. 비행기 환승에 대해 처음 알게 되었을 때도 그랬다.

'아니, 한 도시를 더 여행할 수 있는데 심지어 비용은 더 싸다니. 이건, 완전 이득이잖아?'

따라서 돈보다 시간이 많았던 시절, 나는 같은 거리를 가더라도 언제나 환승 항공권을 선택했다. 그렇게 환승하며 여행하게 된 도시도 많았다. 처음 유럽에 갔을 때도 내가 가장 먼저 도착한 도시는 최종 목적지였던 스위스 제네바가 아니라 오스트리아 빈이었다. 나는 혼자 빈 시내로 나가 커피를 마시고 거리를 산책하다가 다시 비행기에 올랐다. 태국에 처음 간 것도 환승을 하면서였다. 타이항공을 타고 경유지인 방콕에 내렸던 나는 태국 음식과 마사지에 완전히 반해버렸다. 경유를 하는 동안 오래 묵은 피로가 개운하게 풀어지는 경험을 하고 난 뒤로 이제 호시탐탐 저렴한 방콕행 항공권이 풀리기를 기다린다. 얼이가 태어나기 전 남편과 둘이 인도에 다녀오던 길에는 홍콩을 경유했다. 우리는 동네 중고서점에 가서 책을 사고 사람들이 줄 서 있던 식당에서 밥을 먹은 뒤 트램을 타고 빅토리아 피크에 올랐다가 2층 버스를 타고 공항으로 돌아왔다. 얼이는 경유했던 멕시코시티에서 먹은 타코와 그때의 조명과 온도, 습도, 거기다 시장에서 산 장난감과 레스토랑에서 줬던 크레파스까지 지금도 멕시코 음식을 먹을 때마다 이야기한다.

　나라에 따라 환승 여행객이 경유하는 동안 관광을 할 수 있도록 비자를 무료로 발급하거나 면제해주기도 한다. 일부 항공사에서는 환승 호텔을 제공하기도 하며, 여러 국가에서 환승시간을 이용한 시내 투어 프로그램을 운영하고 있다.

얼이와 첫 여행으로 샌프란시스코에 갈 때는 직항으로 국적기를 탔다. 다들 이제 아이가 있으니 이동시간이 길면 힘들 거라고 했다. 직항을 타니 확실히 입출국이 한 번뿐이라 빠르고 편했다. 그러다 처음 환승을 하게 되었는데 의외로 얼이가 공항과 비행기에서 보내는 시간을 재미있어했다. 이후로는 여러 번의 환승 여행이 이어졌다. 케냐에 갈 때도, 핀란드에 갈 때도, 쿠바에 갈 때도 우리는 환승을 했다. 때로는 직항 편이 없어 필수였고 때로는 선택이었다. 환승하는 도시를 여행하기도 하고, 호텔이나 공항에서 있다가 다시 비행기를 타기도 했다. 환승은 거쳐가는 경로가 아니라 여행의 일부가 되었다. 긴 여정 중간에 잠시 쉬어가는 것 같기도 하고 새로 시작되는 여행처럼 느껴지기도 했다.

얼이는 일단 비행기 타는 것을 좋아했다. 공항에서 이어지는 복잡하고 번거로운 모든 과정을 게임에서 미션 수행하는 것처럼 받아들였다. 어른에겐 귀찮은 일도 아이들에겐 종종 놀이가 된다. 얼이는 견디는 게 아니라 즐기고 있었다. 보안검색, 출국수속, 보딩까지 뿅 뿅 뾰로롱. 비행기 안은 완벽하게 계급이 존재하는 곳이라지만, 그래도 공항은 모든 시설과 서비스에 유니버설 디자인이 적용되는 많지 않은 장소 중 하나다. 곳곳에 아이를 위한 편의시설이 있고 유아차로 이동하기에도 용이하다. 공항 내에 가장 빛이 잘 들고 접근하기 좋은 곳에 넓은 놀이공간을 배치한 공항도 많다. 각 도시의 공항에는 특색 있는 볼거리도 가득하다.

비행기에 타고 난 뒤에는 아이들이 제한된 환경에서도 즐거움을 찾아내는 데 얼마나 탁월한 재능이 있는지 알게 된다. 케냐 나이로비까지 가는 데에는 환승시간을 포함해서 꼬박 스물네 시간이 걸렸다. 만약 우리가 나이로비에 도착해야 여행이 시작된다고 생각했다면 그 시간을 견디기 괴로웠을 것이다. 그러나 우리는 여행 중이었다. 나는 얼이와 함께 여행하면서 목적지에 도착해야 여행이 시작되는 게 아니라 이미 이 모든 과정이 여행이라는 사실을 새삼 되새기곤 했다.

가는 길을 사랑하지 않으면 여행이 힘들어진다. 여행은 이미 시작이니까.

모든 여정이 순탄한 것은 아니었다. 처음 홍콩에서 환승하게 됐을 때는 경유하는 동안 마카오에 다녀오려고 계획했다. 문제는 공항에서 바로 마카오로 가지 않고 홍콩 시내를 거쳐 이동했다는 것이다. 일정이 꼬이고 시간 계산이 어긋나면서 우리는 마카오에 도착하자마자 터미널 바깥으로 한 걸음도 나가보지 못한 채 그대로 다시 공항으로 되돌아왔다. 돌아오는 길에도 보딩에 늦을까 조마조마했음은 물론이다. 카자흐스탄 알마티에서는 시차가 바뀐 와중에 얼이 낮잠 시간을 놓쳤더니 얼이가 그만 시장 한복판에서 목놓아 울기 시작했다. 그때는 심지어 유아차를 수하물로 부치는 바람에 우리는 울다가 잠든 얼이를 내내 안고 다녔다. 모든 여행이 그렇듯 어떤 순간은 빛나고 어떤 순간은 흐렸다. 그 모두가 얼기설기 뒤섞여 색색으로 짜여진 여행이 되었다.

가장 최근에 다녀온 환승 여행지는 폴란드 바르샤바다.

우리는 스페인으로 가는 길에 하루, 돌아오면서 하루, 이틀을 바르샤바에서 보냈다. 하루는 공항에서 가까운 호텔, 하루는 시내에 있는 에어비앤비를 예약했다. 돌아오는 날 묵었던 스튜디오 콘셉트의 숙소가 마음에 들었던 얼이는 하루만 자고 가는 걸 못내 아쉬워했다. 짧게 머무는 대신 우리는 시간을 암팡지게 보내기로 했다.

연말을 맞이한 구시가지 광장에는 거대한 크리스마스트리와 스케이트장이 설치되어 있었다. 광장을 가로질러 전구가 별처럼 흩뿌려졌고, 거리를 따라 화려한 크리스마스 마켓이 들어섰다. 몇 년 전 봄에 왔을 때 만난 바르샤바와는 확연하게 다른 모습이었다. 우리는 가져간 모든 옷을 최대한 껴입고 폴란드 전통 음식점에서 저녁을 먹었다. 저녁식사 후에는 예전에 왔을 때 지냈던 집 근처를 산책했다. 오래 걸어다닌 곳은 길이 되지만 길지 않더라도 선명하고 강렬한 순간 역시 우리 삶에 흔적을 남긴다. 그 밤에 우리는 그 궤적을 따라 걸었다.

도착한 집 앞 공터에는 회전목마가 설치되어 있었다. 너른 공간 한가운데 놓인 회전목마는 불빛과 사람들이 모여 마치 빛나는 작은 행성처럼 보였다. 가까이 다가가 보니 기계장치로 돌아가는 게 아니라 거기 올라탄 마을 아이들과 곁에서 지켜보는 어른들이 회전목마를 돌리고 있었다. 우리도 흔흔히 그 안으로 들어가 함께 회전목마를 돌리기 시작했다. 바르샤바가 다시금 오래도록 기억될 빛을 우리에게 새긴 순간이었다.

코페르니쿠스를 만나러 가는 길

얼이가 다섯 살이던 봄에 폴란드 바르샤바에 처음 갔었
다. 바르샤바는 우리가 좋아할 만한 모든 것을 가진 도시였
다. 남편은 세련되면서도 클래식하고 방대한 아카이브를 갖
춘 쇼팽박물관에 반했고, 나는 단정하고 고전적인 구시가지
와 카페에서 보내는 평화로운 시간이 좋았다. 사람들은 친절
하고 음식도 입에 잘 맞았다. 얼이가 흥미로워했던 곳은 성
십자가 성당이었다. 성당에는 조국에 심장만이라도 묻히고
싶어 했던 쇼팽의 유언에 따라 그의 심장이 안치되어 있다.
쇼팽의 심장이 잠들어 있는 성당에서 걸어 나오면 대각선으

로 자그마한 광장이 나타난다. 그 광장 가운데에는 한 사람의 동상이 놓여 있다. 바로 니콜라우스 코페르니쿠스다.

처음 그 광장에 갔던 날 얼이에게 천문학자 코페르니쿠스에 대해 설명해주었다. "코페르니쿠스는 모든 사람이 태양과 행성은 지구를 중심으로 돈다고 믿고 있을 때 지구가 태양 주위를 돈다고 말했던 사람이야."

광장 바닥에는 태양과 지구, 그리고 각 행성이 새겨져 있다. 가운데는 태양, 그 주위로 원을 그리면서 수성, 금성, 지구, 화성, 목성, 토성… 그리고 지구 곁에는 달까지.

그날 얼이가 그 이야기를 얼마나 이해했는지는 모르겠다. 다만 얼이는 "우와, 그렇구나!" 하고는 바닥에 그려진 지구의 공전궤도를 따라 광장을 돌며 뛰어다녔다.

'코페르니쿠스 혁명(Copernicus revolution)'이라는 말이 있다. 획기적인 사고방식의 변화를 일컫는 말로, 철학자 임마누엘 칸트가 처음 사용한 표현이다. 그는 인식이 대상에 의거하는 게 아니라 인간의 주관 구성에 근거한다는 인식론을 코페르니쿠스 혁명이라는 말로 표현했다. 코페르니쿠스가 당시에 제시한 것은 인류의 세계관을 뒤엎는 사건이었다. 그의 연구는 그 전까지 세상을 바라보던 시선을 완전히 새로운 방식으로 바꾸었다. 그러나 코페르니쿠스의 『천체의 회전에 관하여』는 출간 후 '아무도 읽지 않은 책'이라는 평을 받았다.

그리고 열 살 얼이의 겨울. 우리는 다시 바르샤바에 왔다. 광장은 몇 년 전과 똑같았다. 변한 거라곤 늦은 오후였던 지난번과 달리 이번에는 이른 아침이라 우리밖에 없었고, 겨울이라 광장 한쪽에 크리스마스 장식이 놓여 있었다. 그러나 이번에는 얼이가 달랐다. 얼이는 그동안 과학을 좋아하는 아이로 자랐다. 도서관에 가서 우주에 관한 책을 찾아 읽고 과학박물관에 가서 천체 모형을 들여다보았다. 이제는 코페르니쿠스가 누구인지 알았다. 얼이는 내게 태양부터 각 행성을 하나하나 짚어서 알려주었다. 우리는 공전궤도를 따라 한동안 걸었다.

코페르니쿠스가 사용한 회전(Revolution)이라는 단어는 훗날 '혁명'이라는 의미를 갖게 된다. 아무도 읽지 않은 책이었던 『천체의 회전에 관하여』는 유네스코 세계기록유산에 등재되었다.

　아이와 여행을 많이 다니다 보니, 사람들에게 기억에 대한 질문을 종종 받는다. 언제쯤 아이를 데리고 여행해야 아깝지 않은지, 교육효과는 얼마나 있는지, 아이가 정말 '기억'하는지.

　여행하는 일은 책을 읽는 것 같다는 생각을 한다. 어떤 책은 길고 어떤 책은 짧고, 어떤 책은 지루하고 또 다른 책은 깔깔대며 읽는다. 뭉클한 순간이 많아서 두고두고 다시 들춰보는 책도 있지만, 어떤 책은 한 번 읽은 후엔 책장에 꽂혀 잊혀진다. 아무리 좋아하는 책도 모든 장면을 기억할 수는 없다. 시간과 비용을 들이지만 모든 책이 다 배울 것이 있고 내게 무언가를 남기는 것도 아니다. 그러나 그럼에도 읽는 것 자체의 즐거움이 있다. 때로는 실패한대도, 읽고 나서 모두 잊어버린다 해도.

　은유 작가는 『글쓰기의 최전선』이라는 책에서 "체험을 통해 진입로를 알고 있지 못한 것에 대해서는 그것을 들을 귀도 없는 법"이라는 프리드리히 니체의 말을 인용하며 어느 누구도 책이나 다른 것들에서 자기가 이미 알고 있는 것보다 더 많이 얻을 수 없다고 말한다.

세계는 한 권의 책이고 여행을 할 때 그 책을 읽을 수 있다는 말도 있지만, 모든 책이 읽은 순간 전부 이해되고 매번 우리 삶을 바꿔놓지는 않는다. 우리는 계속 여행하고 새로운 책장이 펼쳐지지만 그 순간에는 읽히지 않는 여행도 있다. 기억나지 않는 문장과 이해할 수 없는 페이지도 있다. 어떤 책은 모든 것을 바꾸어버릴 힘을 지녔음에도 시간이 지나서야 의미를 갖는다. 그래도 우리는 계속 지구를 돈다. 그것만큼은 변하지 않기 때문이다.

3부

작은 존재들을 사랑하는 법

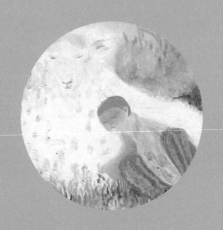

모든 살아 있는 것을 사랑하는 마음

스리랑카 남쪽에 위치한 갈레는 어부가 파도치는 바닷속에 세워진 긴 장대 위에서 물고기를 잡는 전통 낚시법 '스틸트 피싱(Stilt fishing)'을 볼 수 있는 곳으로 유명하다. 6년 전, 우리도 아침 일찍 낚시를 보기 위해 해변을 찾아 나섰다. 그렇게 도착한 바닷가에서 낚시하는 모습을 한참 보고 있을 때였다. 잡은 물고기를 구경시켜주시던 어부 아저씨가 얼이에게 소라게 한 마리를 잡아주셨다.

자세히 들여다보지 않으면 움직이는지 잘 모를 만큼 작은 게였다. 내 손톱만 한 소라게를 손바닥에 올려놓고 그 작은 생명체를 들여다보며 얼이는 행복해서 어쩔 줄 몰라 했다. 잠시만 살펴보고 놔주려고 했지만 막무가내였다. 결국 조금 더 데리고 있다가 숙소 앞 바닷가에 풀어주기로 하고 우리는 소라게와 함께 돌아왔다. 소라게를 만난 순간부터 사랑에 빠진 얼이는 짚으로 된 바구니에 소라게를 담고 조그만 조약돌과 주워온 꽃과 나뭇잎까지 자기가 줄 수 있는 가장 예쁘고 좋은 것을 모아서 곁에 넣어주었다. 바구니를 바람이 잘 통하는 시원한 그늘에 놔두고 소라게가 뭘 좋아하는지, 무얼 먹는지 계속해서 물어보다 낮잠이 들었다.

그러나 슬프게도 그 사랑은 길지 않았다. 잠에서 깨어난 얼이가 제일 먼저 바구니로 달려갔지만 소라게가 더 이상 움직이지 않았던 것이다. 나도 당황했다. 얼이를 잘 달래서 다시 바다에 놔줄 생각이었는데 이렇게 금방 죽다니. 아, 어쩌지. 그리고 다음 순간 더 놀랐다. 얼이가 목 놓아 울기 시작한 것이다. 얼이가 처음 맞닥뜨린 죽음이었다. 내가 처음 목도한 얼이의 슬픔이었다. 내 아이가 그렇게 많이 우는 것을 그날 처음 보았다. 얼이는 오랫동안 진정하지 못하고 서럽게 울고 또 울었다.

얼마 뒤 유치원에서 갯벌체험을 갔다. 그날도 얼이는 친구들과 작은 소라게를 잡았다. "생명은 우리가 마음대로 가질 수 있는 게 아니야. 소중하게 대해야 해. 소라게는 여기가 집이니까 계속 여기에 살아야 행복할 거야." 얼이는 조금 울었지만 그날은 소라게를 다시 바다에 풀어주고 돌아왔다. 오는 길에는 계속 손을 흔들었다. "소라게야 안녕. 잘 지내. 다음에 또 만나."

조금씩 자라고 여행을 거듭하는 동안 얼이는 계속 사랑에 빠졌다. 살아 있는 모든 것을 그냥 지나치지 못했다. 담벼락에 붙어 있는 도마뱀도, 줄을 지어가는 개미도, 동네를 산책하거나 잠이 든 강아지나 고양이도. 나중에 얼이 카메라를 열어보면 우리가 걸어온 길에 있던 모든 숨탄것이 거기 있었다.

그러다 한동안 여행이 멈춰 섰다. 그래도 일상은 계속되었다. 얼이는 학교에 갔다가도 확진자가 나오면 바로 하교하는 생활을 몇 달째 반복하고 있었다. 그러던 어느 오후, 교문 앞에서 방과 후 수업을 마치고 나오는 얼이를 기다리는데 멀리서부터 얼이 걸음이 조심스러웠다. 천천히 가까워지는 얼이 품에는 뭔가가 들려 있었다. 작은 플라스틱 어항이었다. 그날 방과 후 수업을 마치고 선생님께서 관찰했던 물고기를 나누어주신 것이다. 얼이는 물고기의 이름이 '블루'라고 말해주었다. 이름을 주었다는 건 이미 가족이 되었다는 의미였다. 그렇게 블루는 우리 집으로 왔다.

블루는 하늘하늘한 꼬리지느러미를 가진 베일테일 베타라는 종이었다. 얼이는 베일테일 베타가 어떤 환경에서 생활하는지 찾아서 꼼꼼히 읽고 그날 곧장 먹이를 사가지고 왔다. 함께 살기로 한 대신 블루는 얼이가 책임지고 돌보기로 했다. 그리고 얼이는 그 약속을 아주 잘 지켰다. 블루가 사는 어항 옆에 항상 깨끗한 물을 하나 더 받아두고 하루 동안 상온에서 온도를 맞춘 뒤에 어항을 꼼꼼히 씻고 물을 갈아주었다. 밥 주는 것도 잊지 않고 꼬박꼬박 챙겼다. 매번 블루가 놀라지 않도록, 블루야 밥 먹자, 블루야 물 갈아줄게 하고 꼭 먼저 이름을 부르고 말을 건 뒤에야 밥을 주고 물을 갈았다. 그때마다 블루도 물속에서 팔랑팔랑 춤을 추었다. 가끔 마트에 가면 얼이는 수족관 코너에 들러 용돈을 모아 블루에게 사줄 더 크고 좋은 어항을 한참 동안 구경하다 오곤 했다. 그렇게 블루는 우리 집에서 사계절을 보내고 일 년이 넘게 살았다.

그러던 어느 아침, 블루의 움직임이 눈에 띄게 느려졌다. 얼이는 블루가 평소와 다르다는 것을 바로 알아보았다. "블루가 오늘 기분이 안 좋은가?" 걱정하면서 평소처럼 먹이를 주고 학교에 갔다. 그리고 얼이가 학교를 마치고 집에 돌아왔을 때 먹이는 여전히 어항 위에 둥둥 떠 있었다.

얼이는 블루가 더 이상 움직이지 않는다는 사실을 믿을 수 없어했다. 그 곁에서 한참을 더 기다렸다. 하지만 이제 블루는 얼이가 불러도 춤추지 않았다. 우리는 블루를 집에서 가까운 곳에 묻어주었다. 여름의 한가운데였다. 가만히 서 있기만 해도 습기와 열기로 땀이 흐르는 날씨였다. 얼이는 맨손으로 흙을 파고, 작고 납작한 조약돌을 주워 '블루'라고 적었다. 그리고 블루의 무덤 위에 그 작고 동그란 비석을 놓고 나뭇가지로 만든 십자가와 꽃을 놓아주었다. 한동안 우리는 매일 블루를 보러 갔다.

무더웠던 여름에 겪은 이별로 나는 내심 이제 얼이가 살아 있는 것들을 속절없이 좋아하는 일이 조금 줄어들기를 바랐다. 그러나 여전히 얼이는 지치지 않고 사랑한다. 유기견이었다가 이제는 가족이 된, 양평 할머니 할아버지댁에 살고 있는 강아지 누리의 안부와 간식을 챙기고, 하곳길 하천에 살고 있는 오리들을 보러 가고, 행운목 쑥쑥이에게 노래하며 물을 준다. 언제든 사랑에 빠질 준비가 된 사람처럼 살아가고 여행한다.

끝이 없는 것은 여행이라 부르지 않는다. 돌아올 것을 알면서도 끝내 떠나는 우리처럼. 언젠가는 헤어질 것을 알면서도 다시 사랑한다. 기어이 그러고야 만다.

우리가 걸어온 길에 있던 모든 숨탄것이 거기 있었다.
담벼락에 붙어 있는 도마뱀도, 줄을 지어가는 개미도,
동네를 산책하거나 잠이 든 강아지나 고양이도.
여행을 거듭하는 동안 얼이는 계속 사랑에 빠졌다.

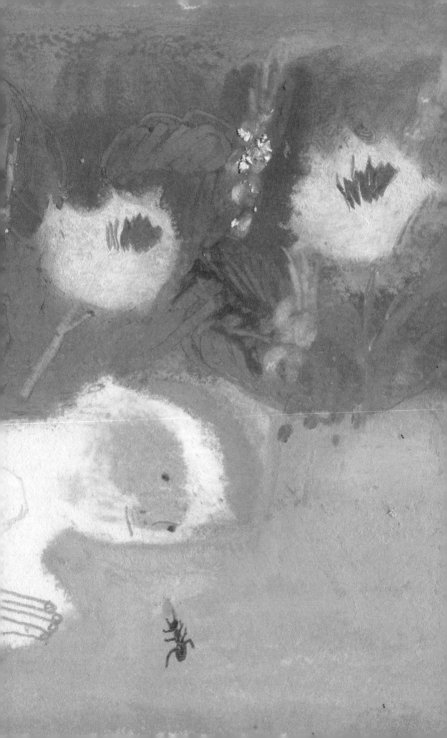

잃어버린 사줌이

로스앤젤레스에서의 마지막 날이었다. 평소 여행할 때면 가능한 한 일정은 하루에 하나만 정해둔다. 꼭 하고 싶은 것, 아니면 꼭 가고 싶은 곳 하나. 그 외에는 느슨하게 시간과 공간을 비워놓는다. 여행은 언제나 그렇듯 변수로 채워지기 때문이다.

그러나 그날은 마지막 날이었다. 동생이 살고 있는 로스앤젤레스는 내게 항상 애틋했다. 자주 오고 싶지만 늘 그렇듯 언제 다시 올 수 있을지 모르는 여행의 마지막 날. 오늘 할 일은 더 이상 내일로 미룰 수 없고, 하고 싶은 일은 지금 바로 하지 않으면 언제 다시 기회를 만날지 알 수 없다. 떠나기 전에 필요한 것도 오늘은 모두 구입해야 하는데 꼭 가고 싶은 곳과 하고 싶은 일도 남아 있었다. 무엇보다 짐을 정리하고 돌아갈 준비를 해야 했다. 매일을 여행 마지막 날처럼 산다면 아마 좀 더 부지런해지고 일상의 밀도는 높아지겠지. 그러나 인간은 어리석고 실수는 반복된다.

　　일정이 많아 아침부터 서둘렀다. 얼이와 찜해둔 카페에 갔다가, 몇 군데 들러서 집에 가져갈 것을 사고, 장을 본 뒤 얼마 남지 않은 동생의 깜짝 생일파티를 열어줄 계획이었다. 얼이와 나는 동생이 출근하자마자 머리를 맞대고 편지를 쓴 뒤 생일 케이크 위에 꽂을 장식을 만들었다. 그리고 바로 외출을 감행했다. 얼이는 작은 강아지 인형인 '사줌이'를 데리고 집을 나섰다. 우리는 일단 버스를 타고 멜로즈 에비뉴에 있는 카페로 가서 브런치를 먹을 계획이었다.

　　버스정류장까지는 우리 걸음으로 20분쯤 걸렸다. 버스를 타고 카페에 도착할 즈음엔 브런치가 아닌 런치를 먹어야 할 시간이 되었다. 도로변에 놓인 야외테이블에 자리를 잡고 피자와 신선한 주스, 모둠 과일이 담긴 플레이트를 주문했다. 조금 기다리자 테이블 위로 고소한 냄새와 함께 색색의 달콤한 음식이 놓였다. 시간은 거리를 스쳐가는 사람들보다 느린 속도로 흐르고 주위의 대화 소리는 음악과 소음에 적당히 뒤섞여 배경으로 놓였다. 우리는 가장 맛있는 조각을 서로 입에 넣어주었다. 그 순간을 오래도록 기억하고 싶어서 달뜬 기분으로 카메라를 꺼내 사진을 찍었다. 식사는 금방 끝났다. 우리는 짐을 챙겨 자리에서 일어나 테이블을 정리하기 위해 다가오는 직원에게 인사를 건네고 나왔다.

카페에서 나와서 얼이와 한참을 걸었다. 여러 가게에 들러 동생과 가족들에게 줄 선물을 고르고 베이커리에서 생일 케이크를 사서 나오니 양손이 묵직해졌다. 이제 마켓에 가서 장을 본 뒤 집으로 돌아가기로 했다.

그때 갑자기 얼이가 우뚝 멈춰 섰다. 내 손을 꼭 붙든 채로. 그리고 나를 올려다보며 물었다.

"엄마, 사줌이 어딨지?"

그 순간이 지금도 생생하다. 머리가 아찔하면서 등줄기를 타고 서늘한 기운이 쭉 퍼졌다.

사줌이를 본 기억이 없었다. 얼이는 내게 물으면서 이미 눈동자가 일렁일렁했다. 빠르게 가방을 뒤적였지만 우리는 이미 알고 있었다. 사줌이가 없어졌다는 걸.

사줌이를 잃어버렸다. 황급히 기억을 더듬었다. 도대체 언제 어디서 사라진 거지?

얼이는 집에 있는 모든 인형에게 이름을 지어주었다. 그중에서도 가장 친한 친구인 '멍머'와 삼촌에게 선물받은 작은 강아지 인형 '키즈'를 특히 좋아했다. 멍머는 나와 남편의 선물이었다. 집이 아닌 곳에서 자게 될 때 어린 얼이에게 어디든 데리고 갈 수 있는 익숙한 안정감을 선물하고 싶었다. 이케아에 가면 산더미처럼 쌓여 있지만 얼이는 언제나 제 하나뿐인 친구를 알아보고 구분해낸다. 멍머만의 감촉과 체취가 있다고 했다.

그다음으로 좋아한 친구는 작은 강아지 인형 키즈였다. 물론 얼이는 인형들이 서운하지 않도록 공평하게 대하며 내

색하지 않는다. 그래도 멍머는 좀 크니까 멀리 여행 갈 때만 데리고 다녔는데, 키즈는 손바닥만 한 크기라 어디든 함께 갔다. 그날도 얼이는 외투 주머니에 키즈를 넣고 집을 나섰다. 키즈가 바깥 구경을 할 수 있도록 주머니 밖으로 얼굴을 쏙 꺼내놓는 것도 잊지 않았다. 약속이 있어서 버스를 타고 종로로 갔는데 버스에서 내려 횡단보도를 건너다가 일순간 얼이가 깜짝 놀라며 멈춰 섰다. 주머니에 넣어둔 키즈가 사라진 것이다. 그다음부터는 눈물범벅이 된 얼이 얼굴밖에 기억나지 않는다. 엉엉 우는 얼이 손을 잡고 걸어온 거리를 거슬러 버스정류장까지 샅샅이 뒤졌지만 키즈는 아무 데도 보이지 않았다. 온데간데없이 사라진 키즈를 찾아 거리를 몇 바퀴 돌다가 남편은 얼이를 데리고 문구점으로 들어갔다. 그렇게 사줌이를 처음 만났다. 눈물을 뚝뚝 흘리면서도 그 자리에서 바로 이름을 지었다. 새로운 친구의 이름은 사줌이. 아빠가 '사줌'이라서 사줌이라고 했다.

그 후로 종로를 지나갈 때마다 얼이는 키즈 얘기를 했다. 키즈를 그리워하면서 사줌이에게 더 많은 사랑을 주었다. 잃어버린 친구의 빈자리를 채워준 친구라 더 특별한 것 같았다. 미국에도 당연히 함께 왔다. 매일을 같이 보냈다. 사줌이를 데리고 서점을 누비고, 카페에서는 사줌이와 함께 얌전히 앉아서 기다렸다. 미술관에서 사줌이와 닮은 작품을 찾고, 사막을 오를 때도 사줌이가 있어서 용기를 냈다. 이번 여행의 모든 순간을 함께 추억할 친구였는데.

로스앤젤레스 거리 한복판에서 나는 말 그대로 눈앞이 하얘졌다. 따사롭다고만 여겼던 햇빛 아래 우두커니 서 있으려니 짧은 한기가 가시고 피부가 달궈지는 느낌과 함께 땀이 솟았다. 앞에 선 얼이 눈에 빠르게 물기가 차오른다 싶더니 이내 커다란 눈물 방울이 뚝뚝뚝 떨어졌다.

하필이면 사줌이라니. 사줌이는 포기할 수 있는 친구가 아니었다. 잠깐 사이에 온갖 생각을 했다. 걸어온 길을 되짚어봐도 도무지 모르겠고 당장 그 먼 거리를 되돌아가자니 막막했다. 무엇보다 어디에서 잃어버린 건지, 다시 찾을 수 있을지 확신이 없었다. 우리는 여행의 거의 끝자락에 서 있었다. 그림자가 길어지며 늦은 오후에 접어들었다. 이제 몇 시간 후면 공항으로 가서 집으로 돌아가는 긴 비행을 해야 했다. 방법을 찾고 경우의 수를 계산했지만 답은 나오지 않고 오류가 떴다. 나는 울고 있는 얼이의 손을 잡고 한 손에는 커다란 케이크 상자를 든 채 로스앤젤레스 거리 한복판에 서 있었다.

아무래도 사줌이는 점심을 먹었던 카페에 두고 온 것 같았다. 이건 확신보다 바람에 가까웠다. 카페 연락처를 찾아 전화를 걸었지만 안타깝게도 통화는 소득이 없었다. 분실물은 들어온 게 없고 지금은 찾을 수가 없다는 얘기를 마지막으로 전화를 끊고 나니, 얼이가 눈물 콧물이 범벅된 얼굴로 내내 나만 쳐다보고 있었다. 회사에서 비보를 전해 들은 동생이 주말에 카페로 가서 직접 찾아보겠다고 얼이에게 약속한 후에야 그 자리를 벗어날 수 있었다.

나는 그제야 눈물을 그친 얼이와 장을 보러 갔다. 저녁메뉴로는 동생이 먹고 싶어 했던 닭볶음탕과 제육볶음을 만들 생각이었다. 생닭 한 마리와 돼지고기, 각종 채소, 꽃까지 한 다발 사고 나서야 가까스로 집으로 돌아오는 버스를 탔다. 그날 저녁은 여행의 마지막 몇 시간답게 우당탕탕 지나갔다.

퇴근한 동생과 함께 요리를 하고, 녹아서 모양이 망가진 케이크로 생일 축하도 했다. 후다닥 저녁을 먹은 뒤 부랴부랴 짐을 캐리어에 밀어 넣고 공항으로 향하는 우버를 불렀다. 우리 출국시간은 늦은 밤이고 동생은 내일도 일찍 출근해야 하니 배웅은 집에서 하고 나오지 말라고 했다. 차는 금방 도착했고 우리는 아쉬움을 나눌 새도 없이 집 앞에서 정신없이 헤어졌다. 조용히 어둠이 내려앉은 시내를 빠져나가는데 벌써 이 도시와 동생이 그리워져서 나는 조금 울었다. 옆자리에 앉은 얼이도 훌쩍이길래, "얼아, 얼이도 슬퍼?" 했더니, 얼이가 "응, 엄마. 나도 슬퍼." 하고는 창밖을 보면서 "사줌아 사줌아." 하고 불렀다.

로스앤젤레스에서의 마지막 밤. 공항으로 향하는 우버 안에서 우리는 각자 두고 온 것을 그리며 이 도시와 작별했다.

그렇게 한국으로 돌아온 뒤 얼이는 곧바로 이모에게 연락해 사줌이 소식을 물었고, 한 아이가 잃어버린 인형을 찾는다는 소식을 들은 여러 사람이 사줌이 찾는 걸 자기 일처럼 도와주었다는 이야기를 전해 들었다. 동생이 카페로 찾으러 간 사줌이는 이름과 연락처가 적힌 커다란 종이를 명찰처럼 붙이고 있었다. 사줌이를 찾으러 간 동생도, 사줌이를 찾아준 사람도, 그 소식을 한국에서 전해 들은 얼이도 모두 한마음으로 기뻐했다. 동생은 사줌이가 로스앤젤레스에서 건강하게 잘 지내는 모습을 사진으로 찍어서 얼이에게 보내주었다. 얼마 뒤 사줌이는 동생이 보낸 선물들과 함께 집으로 무사히 돌아왔다.

인 마이 백

기차 여행을 앞두고 작은 백팩을 하나 샀다. 얼이 가방이었다. 흙바닥에서 굴러도 크게 표가 나지 않을 베이지 색상에 얼이 등에 잘 맞게 크지 않고 가벼웠다. 집에 와서 얼이에게 가방을 선물하며 며칠 후에 떠날 기차 여행에서 필요한 짐을 담으라고 했다. 이번 여행에서는 각자 가방 하나씩만 메고 떠날 거라고.

얼이는 아주 신중해졌다. 칫솔, 치약부터 파자마, 속옷과 양말처럼 꼭 필요한 것부터 담고, 외출복은 나와 함께 부피가 크지 않고 활용도가 높은 것으로 엄선해서 골랐다. 장난

감 하나를 넣고 빼는 것도 한참을 고심하면서 짐을 꾸렸다.

한동안 '왓츠 인 마이 백(What's in my bag)'이라는 콘텐츠가 유행했다. 가방 안에 있는 물건을 꺼내서 늘어놓고 사진을 찍어서 SNS에 올리는 것이다. 다른 사람의 가방을 구경하는 건 생각보다 재미있었다. 가방 속은 작은 집 같아 보였다. 그 사람의 취향과 일상, 관심과 성격이 거기에 담겨 있었다. 계절과 트렌드에 따라 가방 안의 물건이 달라지기도 했다. 접이식 장바구니와 텀블러가 들어 있는가 하면, 휴대용 선풍기가 등장했다가 핫팩과 장갑으로 바뀌기도 했다. 줄이어폰은 무선이어폰이 되었다가 얼마 전부터는 무선헤드폰이 등장했다.

연령과 문화에 따라 소지품이 달라지기도 하고, 내용물만 보고 가방 주인을 추측해볼 수도 있다. 단정하고 소박한 무채색 소품 두어 가지만 담긴 가방이 있는가 하면, 어떤 가방에는 알록달록한 문구와 다이어리, 노트와 스티커, 각종 펜과 마스킹테이프까지 들어 있었다. 가방을 사용하는 사람의 일상이 압축되어 그 안에 존재했다. 덕분에 한동안 나도 낯선 기분으로 내 가방 속을 들여다보았다. 항상 가지고 다니는 작은 무선 노트와 펜 하나, 카메라, 립밤과 핸드크림, 카드지갑 사이로 가끔 얼이가 넣어둔 레고 블록이나 길에서 주운 나뭇잎, 곱게 접은 색종이가 들어 있었다.

얼이가 처음으로 제 몫의 짐을 메고 떠난 그 여행에서 우리는 각자 들고 온 가방 하나로도 부족함 없이 지냈다. 가방에는 우리에게 꼭 필요한 것과 무용하지만 우리가 좋아하는 것이 적절히 담겨 있었다. 세면도구와 부피가 큰 옷가지를 넣고 나서 가방 제일 앞에는 자기가 읽을 책을 한 권씩 넣었다. 기차 안에 사람이 많거나 카페에서 각자 시간을 보낼 때는 손 닿기 쉬운 곳에 넣어둔 책을 꺼내 읽었다. 기차에 우리밖에 없거나 저녁에 숙소에서 다 같이 시간을 보낼 때면 가져온 카드게임을 꺼내서 셋이 함께 놀았다.

그 후로도 우리는 여행을 떠날 때마다 가방에 즐거움을 넣을 자리를 남겨둔다. 아무리 작은 가방을 가져가더라도 언제나 작은 여유 하나쯤은 담을 수 있다. 얼이와 둘이서 떠난 방콕에서도 우리는 손바닥만 한 팔레트와 색연필을 꺼내서 그림을 그렸다. 쿠바에 갈 때는 들고 다닐 수 있는 조그만 체스를 가지고 갔다. 스리랑카에는 폴라로이드 카메라를, 시칠리아에는 비눗방울을 들고 갔다. 종이는 가장 놀라운 장난감이다. 얇고 가볍지만 무엇이든 할 수 있고 무엇이든 될 수 있다. 우리는 그림을 그리거나 빙고를 하다가 종이를 접고 오리고 구기고 찢어서 온 세상을 만들었다.

탁월한 작가이자 여행가였던 생텍쥐베리는 '행복하게 여행하려면 가볍게 여행해야 한다'고 했다. 남극 탐험을 떠났던 탐험가 어니스트 섀클턴은 배가 부빙에 갇혀 표류하다 침몰하게 되자 절명의 위기 상황에서 살아남기 위해 대원들과 함께 가지고 있던 것을 모두 버린다. 극한 상황에서 계속 나아가기 위해서는 최소한의 짐만 남겨야 했던 것이다. 그러나 그는 솔선해서 금화와 시계를 버리면서도 악기와 카메라는 가지고 간다. 그리고 그들은 일기를 쓰면서 모험을 완주한다. 음악은 그들을 위로했고, 그들이 남긴 기록은 지금까지 남아 그날의 이야기를 우리에게 전해준다.

얼이가 온갖 잡동사니 모으는 것을 좋아하고 무엇 하나 쉽게 버리지 못하는 면은 나를 닮았다. 얼이나 나나 미니멀리스트가 되기는 어려울 것이다. 하지만 여행에서라면 얼마든지 단출한 짐을 꾸릴 수 있다. 평소와 다른 도전을 시도하기에 여행만 한 기회가 없다. 무엇을 넣고 무엇을 빼야 하는지 연습해볼 수 있다.

한 가지 분명한 것은 우리가 짊어질 수 있을 만큼 담아야 한다는 것이다. 모든 것을 가져갈 수는 없다. 너무 무거우면 지치고, 너무 가벼우면 지루해진다. 지루할 때는 새로운 무언가로 채울 수 있지만 지치면 여행을 계속할 수 없다. 그래서 우리는 가벼운 가방을 집어든다. 그리고 웃음, 추억, 기록, 예술, 장난 같은 것들을 담았다가 덜어내며 짐을 꾸린다. 무엇이 우리를 계속 나아가게 하는지 확인해볼 기회다. 가방 안은 하나의 집이고 세계지만, 이것만큼은 언제든 허물고 다시 지을 수 있다. 앞으로도 연습할 기회는 많을 것이다.

기억과 기록

나는 기억을 수집하는 취미가 있다. 순간을 기록하고 보관하는 것이다. 글을 쓰고 사진을 찍어서 다람쥐가 도토리를 모으듯 곳곳에 저장해둔다. 기록은 나의 오랜 습관이다. 그중에서도 가장 오래된 습관은 일기를 쓰는 것이다. 날마다 하루도 빠짐없이 쓴다. 그리고 일기를 쓰는 마음으로 사진도 찍는다.

자기만의 일기장이 있는 것처럼 여행할 때 우리는 각자 카메라를 가지고 여행한다. 얼이도 자기 카메라를 가지고 간다. 얼이는 작은 것들을 줍고 모으고 간직하는 걸 좋아한다. 가는 곳마다 나뭇잎이며 떨어진 꽃잎, 사용한 기차표, 포장지에 붙은 스티커 같은 소소하고 시시한 것들을 소중하게 주워 모은다. 처음엔 그래서 얼이에게 카메라를 주었다. 그리고 그 네모난 주머니에 순간을 주워 담는 방법을 알려주었다.

최근 얼이가 사용하고 있는 카메라는 야시카(Yashica)라는 오래된 필름카메라 브랜드 제품이다. 원래 내 카메라지만 불편하고 번거로워서 자주 사용하지 않았는데, 얼이가 사진만을 위한 이 복잡하고도 단순한 기계에 관심을 보여서 요즘은 얼이가 쓰고 있다. 사진을 한 장 찍을 때마다 레버를 젖혀주어야 하기 때문에 디지털카메라나 스마트폰으로 찍을 때처럼 한 번에 여러 장을 찍을 수 없고 촬영한 사진을 곧장 확인하는 것도 불가능하다.

아이와 베이킹을 하는 게 교육에 좋다고 한다. 정확한 양과 순서를 지키고 완성된 결과물이 나올 때까지 반드시 기다려야 하기 때문에 그 과정에서 많은 걸 배울 수 있기 때문이다. 사진을 찍는 것도 비슷하다. 다만 아이는 무언가를 배울

뿐 아니라 그 자체를 즐거워한다. 손으로 정성껏 도우를 반죽하고 쿠키가 구워지는 동안 달콤한 냄새를 맡는 것처럼 얼이는 신중하게 피사체를 고르고 한 장 한 장 공들여 셔터를 누른 뒤 찍힌 사진을 궁금해하는 그 모든 과정을 좋아한다.

여행을 마치고 돌아와서 얼이가 찍은 사진을 함께 보았다. 거기에는 얼이 눈높이에서 바라본 풍경과 그 안에서 숨쉬는 것들, 그리고 우리가 있었다. 덕분에 나는 내 배 언저리가 찍힌 사진을 잔뜩 갖게 되었다.

우리는 얼이가 찍은 사진 중에서 몇 장을 골라 엽서를 만들기로 했다. 엽서가 완성되면 쿠키처럼 주위에 선물할 생각이다. 셔터가 열렸다 닫히는 순간을 견디지 못하고 흔들린 사진도 많지만 얼이의 시선을 보는 일은 때로 경이롭고 종종 재미있고 대개 아름답다.

여행지에서 순간을 수집하려면 떠나기 전에 꼭 해야 하는 일이 있다. 바로 메모리카드를 비워놓는 것이다. 비워야 새로운 걸 담을 수 있으니까. 이렇게 중요한 일은 미리 해두면 참 좋을 텐데, 스페인으로 떠날 때도 나는 출국 전날 밤에야 백업을 하려고 컴퓨터를 켰다. 그런데 뭔가 이상했다. 어제까지 멀쩡했던 외장하드가 인식이 되지 않았다. 곧이어 에러메시지가 뜨면서 외장하드가 완전히 먹통이 되었다. 등골이 오싹했다. 소름이 돋으면서 머리가 아득해졌다. 서둘러 방금 뜬 에러메시지와 외장하드 오류에 대해 찾아보니 절망적인 내용만 쏟아졌다. 원인은 모르겠지만 아무래도 외장하드가 망가진 것 같았다. 검색 끝에 찾은 조언은 컴퓨터와 다시 연결하지 말고 가능한 빨리 수리를 맡기는 게 그나마 안에 있는 데이터를 살릴 수 있는 최선이라는 것이었다.

눈앞이 캄캄했다. 외장하드에는 첫 책을 출간한 이후의 모든 여행 사진과 그동안 기고했던 글, 디자인 작업 파일이 전부 들어 있었다. 특히 최근 몇 년간 찍은 모든 사진 원본이 거기 있었다. 이탈리아, 몰타, 쿠바, 멕시코, 태국, 베트남, 미국, 그리고 캠핑과 기차 여행을 하며 찍은 수많은 사진들이 눈앞에 점멸하듯 떠오르다 흐려졌다. 한동안 SNS도 하지 않았으니 복사본이라고 할 것조차 남아 있지 않았다. 당장 고칠 수 없는 데다 안에 있는 데이터가 전부 날아갔을지도 모르는 상황이었다. 몇 시간 후에는 공항으로 출발해야 하는데 나는 전원이 뽑힌 것처럼 멈춰버렸다. 하지만 선택의 여지는 없었다. 곧 여행이 시작될 테니 외장하드를 당장 고치는 건 불가능했다. 다만 내 감정은 선택해야 했다. 영영 잃어버렸을지 모르는 사진들을 생각하면서 가라앉든지, 아니면 새로 시작될 여행에 집중하든지.

이윽고 여행이 시작되었다. 사람의 마음은 딱 잘라지는 게 아니니 나는 여행 중에도 종종 외장하드를 떠올리며 마음이 무거워졌다. 대신 이번 여행에서는 여정 중에도 틈틈이 SNS에 사진을 업로드했다. 여행을 하면서 사진을 꾸준히 올린 것은 처음이었다. 어쩌면 사소한 스쳐 지나가는 순간까지 나는 부지런히 기록하기 시작했다. 사진을 찍는 건 내게 일상적인 습관이지만 이번에는 좀 달랐다. 나는 모든 것을 남겨두고 싶은 사람처럼, 모든 기억을 잃어버린 사람처럼 사진을 찍었다.

시차 때문에 이른 새벽 잠에서 깨면 매일 동이 틀 때까지 전날 찍은 사진들을 봤다. 내 취미이자 습관은 어디까지나 '기록하는 것'이기에 일기든 사진이든 다시 꺼내보는 일은 거의 없었다. 그런데 이번에는 이 순간이 지나고 나면 모두 지워질 것처럼 기록한 것을 꺼내어 복기했다.

얼이 사진이 정말 많았다. 어떤 순간은 걸음마다 남겨져 있어서 사진을 이어 붙이면 움직일 것 같았다. 한 자리에서 얼굴을 찌푸리는 장면과 햇살처럼 웃는 사진이 다 있었다. 한순간도 놓칠 수 없어서 계속 셔터를 눌렀을 것이다. 딱 지금의 보폭과 걸음걸이, 내 어깨쯤 닿는 머리카락, 새처럼 높은 목소리, 나보다 작고 따뜻한 손, 이런 건 이제 다시 안 와. 지금뿐이야. 사라질 것들을 사진에 담고, 사진을 찍으면서 생각했던 것을 얼이에게도 얘기해주었다.

어린 날은 정말이지 금세 지나간다. 시간은 고르게 흐르지 않는다. 그런데 생각해보니 지금의 나도 그렇다. 시간이 지금과 다른 속도로 흘러가는 날이 오면, '그래. 그때 나도 어렸구나' 할지 몰라 이번 여행에서는 내 사진도 많이 찍었다. 혼자 여행할 때도 이렇게 셀카를 찍은 적이 없었는데, 이번에는 길을 가다가도 거울이 있거나 쇼윈도에 내 모습이 비치면 멈춰서 사진을 한 장씩 남겨두었다. 지금 이 순간은 지나가면 없다는 사실이 새삼스러웠다.

여행을 마치고 돌아와서 외장하드를 수리업체에 가지고 갔다. 2주 만이었다. 하드는 완전히 망가졌고 비용은 많이 들었지만 다행히 안에 있던 사진과 자료는 무사히 복구할 수 있었다. 새 하드에 담긴 예전 사진들을 보고 있으려니 기억이 새록거렸다.

사진을 찍는 것은 지나가는 시간을 붙잡을 수 있는 유용한 방법이다. 지금 우리가 사진을 보면서 다시 그 시간을 여행하는 것처럼 시간이 더 지나면 이 시간을 돌아보며 지금을 여행하는 날이 오겠지. 그날을 위해 우리는 오늘도 시간을 잘라서 프레임에 담아 간직한다.

다람쥐는 수없이 많은 도토리를 저장하지만 정작 열심히 모은 도토리는 다 꺼내먹지 못하고 대부분 잃어버린다고 한다. 사라져버린 도토리를 찾아 헤매는 다람쥐의 황망한 마음을 이제는 조금 알 것 같다. 그래서 앞으로는 묻어둔 반질 반질한 순간들을 한 번씩 꺼내볼 생각이다.

✦

잠시만, 체크인

✦

우연히 '캐나다 체크인'이라는 프로그램을 보았다. 제목에 '캐나다'나 '체크인'이라는 단어가 없었다면 보게 되지 않았을 것 같은 프로그램이었다. 여행보다는 개에 관한 내용이 주였기 때문이다. 나는 개를 잘 알지도 못하고 그다지 좋아하지도 않았다. 정확히는 크게 관심이 없다고 하는 편이 맞겠다. 개에 대해 잘 모르는 나는 누구나 좋아할 만큼 어리고 귀엽고 보기 좋은 강아지만 누구나 좋아할 수 있을 만큼 좋아했다. 그런데 막상 그 프로그램을 보니 단지 캐나다 여행기가 아니라 캐나다로 입양된 개를 임시보호하던 이들이 찾아가는 이야기였다.

임시보호란 유기된 개를 구조한 뒤 평생 살게 될 곳으로 입양 보내기 전에 말 그대로 개를 임시로 보호하는 것이다. 임시보호자들은 대부분 자원해서 봉사하고 있는 듯했다. 임시보호를 하다가 입양을 원하는 곳이 생기면 개를 떠나보내는데 국내입양이 되지 않는 아이들은 해외로 가게 되는 경우도 많다고 한다. 그중에서도 캐나다로 입양되어 새로운 가정에서 살고 있는 개들을 만나기 위해 임시보호자들은 지구 반 바퀴를 날아 여행을 떠난다.

설렘과 그리움으로 달려가는 동안 이런 이야기를 나누는 장면이 나온다.

"개들이 우리를 기억할까?"

그러면서 강아지들에게 우리에 대한 기억이 그렇게 좋지는 않을 거라는 얘기를 덧붙인다. 임시보호자들은 강아지를 잡아서 주사 맞히고, 억지로 목줄을 채우고, 병원에도 데리고 가니까. 강아지들도 안 좋게 기억하지 않을까? 물론 임시보호는 엄청난 사랑으로 이루어지지만, 강아지들은 그 기간 동안 필요한 치료나 접종도 하게 되고 산책을 하면서 목줄 채우는 것도 연습하고 실내 생활과 배변 훈련도 해야 한다. 사람과 개들 사이에서 어울려 살아가는 법을 배우는 것도 강아지들에게는 낯설고 고단한 과정일 것이다. 그러나 이런 대화 끝에 먼 길을 달려가 다시 만난 강아지들은 나름의 방식으로 그들을 반가워하고 기억하고 있다는 것을 보여준다.

나는 그 프로그램을 보면서 내내 많이 울었다. 오랜만에 만난 개가 낯설어해도 울고, 임시보호자를 알아보고 한달음에 달려와도 울었다. 공항에서 임시보호자가 보호하던 개를 떠나보낼 때도 울고, 캐나다에서 사랑을 듬뿍 받으며 행복하게 잘 살고 있는 개들을 볼 때는 오열했다. 모든 강아지는 다르고 저마다 고유한 이야기를 가지고 있었다. 함께 사는 가족과 환경도 제각기 달라졌다. 그러나 개들은 기억했다. 그리고 임시보호자가 가르친 습관과 심어둔 사랑은 개에게 계속해서 남아 지금도 건강하고 행복하게 살 수 있도록 돕고 있었다.

나는 그 프로그램을 보면서 임시보호자가 부모 같다고 생각했다. 강아지를 데려와서 일정 기간 동안 보호하고, 치료하고, 가르치고 준비해서 다시 떠나보내는 임시보호자가 부모와 닮았다고 느꼈다.

특히 임보기간 동안 사회화가 중요하다고 했다. 그 시기에 안전하고 안정적인 환경에서 충분히 산책하고 사람과 다른 개들과 지내는 것을 경험하고 연습해야 이후에 입양된 가정에서도 잘 적응했다. 그게 부모의 역할이다. 육아에는 여행처럼 끝이 있다. 언젠가는 마무리될 이 여행의 끝은 독립이기에 그 후에도 잘 살아갈 수 있도록 지금 주어진 시간을 충실하게 보내야 한다. 내가 없어도, 부모를 떠난 후에도 계속해서 건강하고 행복하게 살아갈 수 있도록.

여행은 수많은 약속으로 이루어져 있다. 그 안에서 아이는 많은 것을 배운다. 부모가 아이에게 필요한 것을 제때에 제대로 가르치지 못하면 여행을 계속할 수 없고 아이는 위험해진다.

얼이와 함께 다니면서 평소에도 계속 연습한다. 필요하

다면 지하철을 타고 가다가도 곧바로 얼이를 데리고 내린다. 지하철에서 내리는 게 비행기를 타고 가다가 돌아오는 것보다 낫다. 지금 하지 않는다면 더 중요한 순간에 해야 할 것이다. 사랑하면 연약해진다. 무서워하는 사람의 말을 따르는 게 아니라 가장 사랑하는 사람의 말을 듣는다. 그래서 가장 사랑하는 사람이 훈육해야 한다.

누군가 무언가를 사랑하는 모습을 보는 건 행복하다. 사랑의 형태는 제각각이지만 모두 다르고 또 모두 닮았다. 때로는 길고 때로는 짧은, 그러나 삶에서 아주 의미 있고 중요한 시기를 공유한 이들은 평생 서로를 기억하고 그리워하며 산다. 나보다 약한 존재를 온전히 돌보고 사랑한 경험은 나부터 구원한다.

어떤 존재를 사랑하고 가르치고 돌보는 모습은 아이를 키우는 것과 하나도 다르지 않았다. 나는 그 모습을 보면서 개를 좋아하지 않는다고 쉽게 말하던 표현도 반성했다. 존재는 취향이나 호오의 범주가 될 수 없다. 개를 좋아하거나 그렇지 않거나 혹은 아이를 좋아하거나 싫어하거나. 이미 존재하는 대상에 대한 나의 기분 같은 건 하나도 중요하지 않다. 굳이 입 밖으로 내어 말할 필요가 없다.

임시보호자들은 사랑받으며 행복하게 살고 있는 강아지들을 만나고 돌아오면서 말한다.

"잘 살아. 지금 행복하면 됐어. 우리 따윈 잊어버려."

나를 잊어도 좋을 만큼 누군가의 행복을 간절히 바라는 마음에 가슴이 뭉글해졌다. 언젠가 이 여행이 끝나는 날이 오면, 그래서 얼이를 떠나보내는 날이 되면 나도 말해줘야지.

그날, 지금보다 훨씬 긴 여행이 시작될 것이다.

존재는 취향이나 호오의 범주가 될 수 없다.

개를 좋아하거나 그렇지 않거나,

혹은 아이를 좋아하거나 싫어하거나.

이미 존재하는 대상에 대한 나의 기분 같은 건

하나도 중요하지 않다.

내리사랑, 너의 사랑

포르투는 생각보다 날이 추웠다. 도착할 때부터 하늘이 흐리더니 공항에서 타고 온 버스에서 내리자 빗방울이 떨어지기 시작했다. 한국보다 기온은 높았지만 우리 옷도 그만큼 가벼웠다. 겨울이어도 한낮에는 20도가 넘어가던 바르셀로나에 있다 와서 더 춥게 느껴졌을지도 모르겠다. 첫날에는 쏟아지는 비를 맞으며 이리저리 헤맨 끝에 숙소를 찾아갔다.

둘째 날 아침에는 동이 트기 전부터 비가 내리고 있었다. 우리가 있는 곳은 오래된 건물임에도 내부가 현대적으로 리

모델링된 에어비앤비였다. 라디에이터를 틀어두고 잤더니 단열이 잘 되어서 그런지 바깥공기는 차가워도 내부는 포근했다.

기다란 거실 한쪽으로는 양쪽으로 열리는 키가 큰 발코니 문이 늘어서 있었다. 각각의 문은 격자로 된 창살이 달린 유리문과 두터운 나무 덧문으로 이루어져 이중으로 열 수 있게 되어 있었다. 우리는 맑은 날 모든 문이 활짝 열린 사진을 보고 이 숙소를 예약했다. 창밖으로는 포르투의 전경이 보이고 집 안 깊숙이 햇살이 드리워진 모습이었다.

나는 아침에 일어나자마자 나무로 된 덧문을 열어젖혔다. 그림처럼 아름답다는 포르투 거리를 내다보고 싶었다. 그러나 덧문을 열었더니 기온차로 습기가 차서 유리창이 온통 뿌옜다. 유리문을 살짝 열어 밖을 내다봤지만 날이 어둡고 흐려서 풍경은 잘 보이지 않고 문틈으로는 비가 들이쳤다. 실망한 나는 유리문을 다시 닫았다. 유리창에는 여전히 하얗게 김이 서려 있었다.

이렇게 비가 오는데 오늘 하루는 어쩌지.

얼마쯤 지났을까. 조금 있다 얼이가 잠에서 깨어 일어났다. 창문으로 다가가 뭘 하는가 싶더니, 손이 닿는 격자창마다 전부 손끝으로 삐뚤빼뚤한 하트를 가득 그려놓았다.

밖은 여전히 어둡고 비가 왔다. 하지만 나는 더 이상 오늘이 걱정되지 않았다.

얼이는 하트 그리는 것을 좋아한다. 한글을 늦게 배워서 자기 이름조차 제대로 못 쓸 때에도 여기저기에 하트를 그려놓았다. 나는 그걸로 얼이를 알아보았다. 함께 다니다 보면 추운 날 성에 낀 차창에도 하트를 그리고, 흙바닥에도, 부연 먼지 위에도, 얼이가 씻고 나와 뽀얗게 김이 서린 화장실 거울에도 항상 하트가 그려져 있었다. 지나간 자리마다 하트가 남았다. 얼이가 지나간 자리는 모두 사랑이었다.

아주 오래전 텔레비전에서 해주는 퀴즈쇼를 보고 있었다. 그러던 중 결승전쯤 되어 이런 문제가 나왔다.

"부모가 자녀를 사랑하는 것은 내리사랑이라고 하죠. 그렇다면 반대로 자녀가 부모를 사랑하는 것, 내리사랑의 반대말은 무엇일까요?"

퀴즈쇼에 참석한 사람들은 대부분 답을 알지 못했다. 나도 답을 몰랐다.

정답은 '치사랑.' 나는 그 단어를 몰랐다는 것보다 그 단어가 그토록 생경하다는 게 더 신기했다. 내리사랑이라는 단어는 그토록 흔하고 자주 쓰는데, 치사랑이라는 말은 이렇게 낯설다니.

얼이를 키우면서 오랫동안 잊고 있던 그 단어가 자주 떠올랐다. 세상은 부모가 자식에게 주는 사랑에 대해 더 많이 말하지만, 나는 얼이를 기르며 매번 생각한다. 얼이가 나에게 주는 사랑이 더 크다. 아이가 부모에게 주는 사랑이 언제나 훨씬 더 크다.

한번은 얼이가 놀다가 넘어지면서 오른쪽 머리를 다쳤다. 나는 피 흘리는 얼이를 보고 혼이 쏙 빠졌고, 얼이는 병원에서 코로나 검사까지 하느라 눈물을 쏙 뺐다. 다행히 응급실에서 잘 꿰매고 돌아왔는데, 그날 밤 자려고 침대에 누워서 얼이가 말했다.

"엄마, 근데 오른쪽 머리여서 다행인 게 뭔지 알아?

엄마를 보면서 잘 수 있어!

잘 됐어. 정말 다행이야."

얼이는 환하게 웃으면서 좋아하다가 잠이 들었다.

나는 얼이에게 모든 것을 아낌없이 줄 수 있고 목숨조차
주저 없이 언제라도 던질 수 있지만, 아무리 크다 할지라도
내 세계 안의 얼이보다 지금은 얼이 세계 속의 내가 더 크다.
나는 얼이의 전부이고 우주여서, 그래서 얼이는 언제나 내게
자기 전부와 온 세상을 준다.

나는 생의 일부를 얼이와 함께했지만, 얼이는 태어나 지
금까지 평생을 나와 함께 살았다. 얼이가 점점 자라고 세계
가 넓어지면 자연히 그 안의 나도 작아지겠지만, 그리고 그
날을 기꺼이 기쁘게 기다리지만, 나는 언제나 생각한다. 내
가 얼이만큼 사랑할 수 있을까. 얼이가 내게 준 사랑을 내가
다시 다 돌려줄 수 있을까.

이미 얼이는 내게 충분히 주었다. 창문에 새겨진 하트는

오랫동안 사라지지 않고 그대로 있었다. 사랑이 든 자리에는

늘 흔적이 남는다.

4부

경험을 사는 것이 여행이라면

활주로에서 보낸 하루

연말에 떠난 여행이었다. 우리는 작은 비행기 안에 앉아 있었다. 비행기는 몰타 공항 활주로에서 이륙을 기다리는 중이었다. 우리는 공항 대합실을 나와서 활주로 위를 걸어 비행기에 올랐다. 비행기는 곧 이륙해 바다를 건너 시칠리아로 향할 예정이었다. 배를 타고 이동할 수도 있었지만 우리는 비행기를 택했다. 오늘만큼은 시간을 아끼고 싶었기 때문이다.

결혼 전 혼자 유럽을 여행할 때 로마에서 크리스마스를

보낸 적이 있다. 로마가 너무 좋았던 나는 크리스마스를 앞두고 일정을 바꾸어 며칠 더 머물다가 다른 도시로 이동하기로 했다. 매일 밤 나보나 광장으로 가서 크리스마스 마켓을 구경하고 돌아오고, 크리스마스이브에는 바티칸까지 걸어갔다. 거리는 불빛과 인파로 가득했다. 그리고 크리스마스 아침이 되었다. 조용했다. 가게는 모두 문을 닫았고 거리에는 사람이 거의 보이지 않았다. 전날 밤 들뜬 북적거림은 철지난 트리처럼 치워지고 없었다. 가난한 여행자였던 나는 가까운 교회에 갔다가 텅 빈 거리를 걸어 숙소로 돌아와 마트에서 사다둔 빵을 뜯었다.

그러니 이번에는 일정을 잘 조율해야 했다. 우리는 몰타를 여행하고 시칠리아 팔레르모로 가서 크리스마스를 보내기로 했다. 이탈리아 남부에 위치한 시칠리아는 크기가 무려 제주도의 열네 배에 달하는 섬이다. 우리가 탈 비행기는 크리스마스 전날 오후에 몰타 발레타를 떠나 시칠리아섬 동쪽에 있는 카타니아 공항에 도착할 예정이었다. 거기서부터 섬 서쪽에 위치한 팔레르모까지는 다시 기차를 타고 이동해야 했다. 연말이라 교통편이 불확실할 것을 대비해서 몇 달 전부터 이탈리아 철도청 사이트를 들락거려 미리 기차표의 구입을 마쳤다.

여행이 시작되었다. 이번 여행은 앞선 글에서도 나왔듯 우여곡절이 많았다. 로마를 거쳐 도착한 지중해의 섬나라 몰타는 기대 이상으로 아름다웠지만 예측 불가한 사건사고가 계속 일어났다. 몰타를 떠나는 날, 우리는 아쉬움과 후련함을 모두 가지고 지친 채로 발레타 시내를 벗어나 공항으로 갔다. 서둘러 출국 수속을 마치고 비행기에 올랐다. 어서 떠나고 싶었다. 고속버스 정도 크기의 비행기는 내부가 한눈에 들어왔다. 비행기의 작은 창문 밖으로는 정오의 환한 햇살이 활주로를 데우고 있었다. 자리에 앉아 안전벨트를 채우고 이륙을 기다렸다. 마음은 이미 시칠리아를 향해 날아올랐다. 여행의 첫 장이 덮이고, 다음 장이 펼쳐지려 하고 있었다.

그런데 예정된 시간이 지나도록 비행기가 움직이지 않았다. 이륙할 조짐조차 보이지 않았다. 비행기에는 가운데 통로 양쪽으로 비좁은 좌석이 세 개씩 놓여 있었다. 기내에서 음식은 사 먹어야 했지만 비행은 잠깐이니 우리는 도착해서 제대로 된 식사를 할 예정이었다. 승무원들이 계속 분주하게 오갔고 얼마간의 시간이 지났을까, 이륙이 지연된다고 했다. 이런 일은 가끔 벌어지니까 처음엔 느긋하게 기다렸다. 어느덧 이륙 예정시간이 지나고 시간은 계속 흘러갔다. 삼십 분, 한 시간. 이제 일부 사람들은 안전벨트를 풀고 자리에서 일어났다. 곳곳에서 언성이 높아졌다. 우리는 계속 시계를 들여다봤다. 더 늦어지면 예약해둔 기차 시간이 빠듯할 터였다. 기내 안내방송이 영어로 이륙 지연을 알리자 분위기가 어수선해지며 웅성거림이 일다가, 이탈리아어로 (아마도) 같은 내용을 반복해서 안내하니 짝-짝- 박수소리와 함께 항의가 이어졌다.

그렇게 시간이 더 흘러 두 시간, 세 시간이 넘어갔다. 시간이 갈수록 초조해졌다가 화가 났다가, 제발 지금이라도 출발했으면 하고 간절해졌다. 우리가 타려고 예약한 기차는 이미 카타니아를 떠나 팔레르모로 출발했을 것이었다. 팔레르모로 가는 크리스마스이브의 마지막 기차였다. 이대로 크리스마스를 비행기 안에서 맞이하는 건 아닌지, 기차는 다 끊

겠을 텐데 카타니아에 도착하면 어떻게 해야 할지, 만약 이 대로 몰타에서 더 있어야 한다면 숙소를 무슨 수로 구해야 할지, 아무것도 알 수 없었다. 그래도 우리는 상황이 나았다. 그 비행기에 타고 있는 사람들은 대부분 가족이 기다리는 집 으로 돌아가는 길이었을 테지만, 우리는 가족이 다 함께 있 었으니까.

하지만 언제 이륙할지 기약은 없고, 항공법에 따라 다시 내릴 수도 없었다. 좁은 비행기 안에서 그렇게 몇 시간이 지 나자 승무원들이 노약자에게 먼저 판매용 기내식을 나눠주 기 시작했다. 우리도 통로에 줄을 서서 얼이에게 먹일 음식 을 받아왔다. 시간이 더 지나자 나중에는 비행기에 실려 있 던 음식을 전부 꺼내서 탑승객들에게 나누어주었다. 처음에 는 승무원에게 항의하던 사람들도 통로를 오가면서 음식을 함께 옮겼다.

창밖은 차츰 어두워졌다. 짧은 겨울 해가 넘어가고 있었 다. 그리고 그때, 드디어 이제 곧 이륙하겠다는 안내방송이 흘러나왔다. 사람들은 환호하며 다시 자리에 앉았다. 비행기는 몰타의 야경을 뒤로하고 날아올랐다.

그래서 그날은 어떻게 되었냐면, 우리는 무사히 예약해 두었던 팔레르모의 호텔에 도착했다. 도착한 시간은 밤 11시. 크리스마스가 되기 한 시간 전이었다. 나중에 알고 보니 이륙이 지연된 것은 현재도 활동 중인 시칠리아 에트나 화산이 폭발하면서 공항이 일시적으로 폐쇄되었기 때문이었다. 우리는 비행기가 카타니아 공항에 착륙하자마자 곧바로 시내로 달려가서 팔레르모행 버스 티켓을 구했고 버스를 타고 팔레르모에 도착했다. 버스터미널에서부터는 잠든 얼이를 번갈아 안고 사람 하나 없는 밤거리를 걸어 크리스마스를 한 시간 앞두고 호텔에 체크인했다. 호텔에서는 크리스마스이브 늦은 밤에 도착한 우리에게 마구간을 내어주는 대신 예약한 방을 바다가 보이는 테라스가 있는 스위트룸으로 바꾸어주었다.

캐리어에는 셋이서 크리스마스 파티를 하려고 챙겨 온 성탄 모자와 루돌프 머리띠와 트리 장식 같은 것들이 들어 있었다. 하지만 비행기 안에서 크리스마스이브를 보내는 동안 우리가 계획했던 것은 거기에 하나도 없었다. 그러나 아무것도 없었던 것은 아니었다. 초조함이 사그라들고 나자 눈앞에서 벌어지는 모든 상황이 어느 세트장에라도 걸어 들어온 것처럼 느껴졌다. 사방에 이국의 언어가 떠다녔다. 그러면서도 사람들 사이에서는 묘한 동질감이 피어났다.

우리는 나란히 앉아 우리 셋만 알아들을 수 있는 언어로 대화와 웃음을 나누었다. 경험을 사는 것이 여행이라면 이런 경험을 언제 또 해보겠어. 얼이는 기내에 유일하게 들고 온 색종이 한 묶음으로 온갖 것들을 만들면서 작은 목소리로 노래를 불렀다. "We wish you a merry christmas." 유치원에서 배웠는지 어디서 들은 건지 노래는 딱 한 문장만 반복됐지만 그것으로 충분했다.

시칠리아에 착륙하면서 창밖을 내다보니 캄캄한 밤하늘 한쪽에 불을 밝힌 화산이 붉은빛으로 물들어 있었다. 마침내 비행기가 시칠리아 공항에 착륙하던 순간, 비행기에 타고 있던 사람들은 모두 한마음으로 환호성을 지르며 박수를 쳤다. 누군가 큰 소리로 말했다.

"Buona notte!"

여행을 준비하며 이탈리아어를 공부했던 남편이 내 귀에 속삭였다. '좋은 밤'이라는 뜻이라고.

아무것도 없어도 충분해

쿠바는 멀고 멀었다. 먼저 우리는 시간을 거슬러 열네 시간을 날아 멕시코로 갔다. 우리나라에서 쿠바까지 가는 직항편은 없다. 멕시코시티를 경유해 세 시간을 더 날아서 쿠바의 수도, 아바나에 도착했다. 조용한 밤거리를 달려 도착한 첫 숙소는 골목 모퉁이 오래된 건물 2층에 있는 조그만 테라스와 화장실이 딸린 방이었다.

다음 날 새벽 일찍 일어나 테라스로 나가 보니 시간이 켜켜이 쌓인 골목 틈으로 햇살이 드는데 어슴푸레한 거리를 따라 올드카 하나가 미끄러지듯 들어왔다. 빛바랜 색채의 건물들과 선명하게 반짝이는 올드카. 그 뚜렷한 대비가 아바나의 첫인상이었다. 우리는 그날부터 아바나 골목 구석구석을 걸어다녔다. 헤밍웨이가 단골이었던 바에서 모히토를 마시고, 카센터에서 올드카 고치는 것을 한참 구경하다가 해 질 무렵에는 말레콘 비치로 갔다. 말레콘을 걷다 보면 높게 솟아오른 파도가 우리 앞으로 철썩 떨어지곤 했다.

오후에는 환전을 하러 은행에 갔다. 바깥은 그늘이 아니면 서 있기가 힘들 정도로 뜨거웠고 내부는 달아오른 열기로 후텁지근했다. 일처리가 더뎌서 오랜 시간을 기다려야 했다. 색종이를 꺼내 팔랑팔랑 부치며 얼이가 말했다.

"엄마, 쿠바가 세상에서 가장 더운 나라야?"

"음. 글쎄? 아마 그건 아닐 거야."

얼이와 얘기하면서 그동안 여행했던 나라를 되짚어보았다. 막연히 아프리카는 더울 거라고 많이 생각하지만, 우리가 여행할 때 케냐와 탄자니아는 우기라 잠깐씩 비가 쏟아질 때는 선선하고 비가 그치면 금세 건조해져서 오히려 쾌적

했다. 중동이나 동남아시아 역시 한낮에는 뜨겁지만 대부분 차량과 실내에 에어컨 설비가 잘 되어 있으니 되레 얇은 겉옷을 꼭 챙겨 다녔다. 근데 쿠바는 왜 이렇게까지 견디기 힘들 만큼 더운 거지?

얼이가 그렇게 말한 이유가 있었다. 쿠바는 체감상 우리에게 가장 더운 나라였던 것이다. 왜냐하면 우리가 다닌 대부분의 장소에 에어컨이 없었기 때문이다. 한번은 점심을 먹으려고 숙소에서 좀 떨어진 식당에 갔다. 식당은 근사했고 흥겨운 음악이 연주되고 있었다. 아바나에서 음악이 흐르는 곳이라면 늘 그랬듯 몇몇 사람들이 나와서 춤을 췄다. 랍스터 메뉴가 인상적일 만큼 맛있었지만 먹는 내내 땀이 이마에서 등으로 줄줄 흘러내렸다. 식사를 마치고 거의 넋이 나간 채로 숙소로 돌아오는 길에 우리는 'Air Conditioner'라고 크게 쓰인 카페 안으로 빨려 들어갔다.

에어컨뿐 아니라 와이파이가 설치된 곳도 많지 않았다. 한국사람이 숙소에 마땅히 기대하는바, 이른바 바람직한 숙소가 응당 갖추어야 할 최소한의 미덕인 에어컨과 와이파이가 없었던 것이다. 오기 전부터 쿠바의 통신 환경이 좋지 않다는 얘기는 익히 들어 알고 있었다. 일단 줄을 서서 와이파이 카드를 구입해야 하고, 해당 카드는 와이파이가 '가능한 곳에서만' 접속해서 사용할 수 있다. 그때까지만 해도 대수롭지 않게 생각했다. 나는 평소에도 여행할 때 로밍이나 유심을 거의 사용하지 않았다. 그러나 그것은 언제나 젖과 꿀이 흐르는 땅에 살고 있는 자의 오만한 착각일 뿐이었다. '안 하는 것'과 '못하는 것'은 우기와 건기만큼 다르다는 것을 나는 몰랐던 것이다.

생각해보면 스마트폰이 없어서 얇게 저민 여행책자를 들고 다니던 시절에도 일단 숙소에 돌아오면 인터넷을 쓸 수 있었다. 하지만 쿠바는 달랐다. 아바나를 떠나 트리니다드에 도착해서 시내에 있는 'WiFi'라고 적혀 있는 카페에 와서야 나는 며칠 만에 손을 떨며 온라인 세상에 접속했다.

사실 여행할 때는 쓸모없는 물건을 잘 챙기고 꼭 필요한 물건은 적당히 빠트려도 큰 문제가 없다. 세면도구나 양말 같은 것은 중요하지만 어디서나 쉽게 구할 수 있기 때문이다.

그러나 쿠바에서는 달랐다. 며칠째 도시 구석구석을 돌아다녀도 마트를 찾기가 어려웠다. 간혹 동네 슈퍼마켓이 있어 들어가 보면 대부분 작은 카운터와 선반이 전부라 가게 안에 있는 몇 안 되는 물건이 한눈에 들어왔다. 그나마도 선반은 군데군데 비어 있었다. 현지 식료품을 맛보거나 군것질이라도 해보려고 해도 구경조차 쉽지 않았다.

쿠바를 여행할 때는 많은 경우 '까사(Casa)'라는 숙소에서 지내게 된다. 까사는 스페인어로 '집'이라는 뜻이다. 리조트에서 보낸 바라데로를 제외하고는 우리도 쿠바를 여행하는 내내 까사에서 지냈다. 첫 숙소는 방 하나를, 그다음에는 1층에 일가족이 살고 있는 집의 2층을, 다시 아바나로 돌아와 지냈던 마지막 숙소로는 말레콘 해변이 내려다보이는 바닷가의 아파트를 빌렸다. 까사에 지불하는 숙박비는 대부분 국가로 가기 때문에 운영하는 사람들은 주로 조식으로 수익을 얻는다고 한다. 그래서 까사에는 대체로 조식이 포함되고 집주인이 함께 사는 곳이 아니어도 사람이 와서 식사를 차려주고 가곤 했다. 덕분에 아침마다 아무것도 없던 곳에 풍성

한 식탁이 차려졌다. 우리는 신선한 잼과 과일, 따뜻한 차와 빵, 그리고 손바닥만 한 아보카도가 놓인 테이블에 앉아 아침을 먹으면서 테라스 너머로 벌새가 나비처럼 날아다니는 풍경을 보았다.

차가운 물을 상온에 꺼내놓으면 처음엔 김도 서리고 물방울이 송골송골 맺히지만 시간이 좀 지나면 같은 온도로 맞추어지는 것처럼 우리도 조금씩 세상에서 가장 더운 나라에 익숙해졌다. 쿠바에는 없는 것도 안 되는 것도 많았지만 그 빈자리는 다른 것들로 서서히 메워졌다. 들고 온 책을 끝까지 다 읽은 여행은 오랜만이었다. 차 안에서는 얼이와 함께 끝말잇기와 스무고개를 했다. 우리는 시간이 많았다. 해가 가장 뜨거운 낮에는 슬근슬근 숙소로 돌아와 셋이서 낮잠을 잤다. 스마트폰을 들여다보는 대신 길에서 주운 꽃잎을 일기장 갈피에 넣어 말리고, 얼이가 그린 그림을 숙소 거울에 붙여 장식했다. 얼이는 아빠에게 처음으로 체스를 배웠다. 밤이 길어 연습할 시간은 충분했다.

이제 모든 게 조금은 익숙해져서 어느 골목으로 걸어야 더 빨리 돌아올 수 있는지, 언제쯤 말레콘으로 나가야 일몰을 볼 수 있는지 알게 될 때쯤 아바나를 떠나는 날이 다가왔다. 내일은 한국으로 돌아가야 하니 오늘은 일찍 집을 나섰다. 마지막으로 근사한 저녁을 먹고 기념품도 사려면 남은 여행 경비로는 충분치 않을 것 같았다. 올드카를 타고 아바나 시내를 달리는 것도 해보고 싶었다. 우리는 은행에 들러 현금을 좀 찾기로 했다.

그런데 예상치 못한 일이 벌어졌다. 정확히 말하자면 예상은 했지만 우리에게는 벌어지지 않을 줄 알았던 일이다. 우리가 가진 카드에서 현금이 인출되지 않는 것이었다. 여행을 오기 전 쿠바에 관한 자료를 찾아보다가 쿠바에서는 카드 사용이 쉽지 않다는 글을 읽었다. 현금 인출이 되지 않아서 장기 여행을 하다 결국 일정을 포기했다는 사례를 보고, 부러 평소보다 더 꼼꼼하게 해외 사용이 가능한 카드를 여러 종류로 챙겨 왔다. 그런데 우리가 가져온 모든 카드가 승인 거부된 것이다. 아무것도. 하나도 남김없이.

ATM기 앞에서 한참을 시도한 끝에 우리는 결국 현실을 받아들였다. 에어컨도 없고, 와이파이도 없고, 생필품에 이어 이제 우리는 돈도 없었다. 그때부터 또 다른 여행이 우리 앞에 펼쳐졌다.

먼저 가지고 있던 달러를 탈탈 털어 전부 쿠바돈으로 환전했다. 다음 날 공항으로 갈 택시비를 제하고 나니 약간의 돈이 남았다. 올드카를 타는 건 포기해야 했다. 대신 거리를 걷다 얼이가 갖고 싶다는 작은 장난감 하나를 샀다. 아바나에서 볼 수 있는 미끈하고 날렵한 올드카를 닮은 나무자동차였다. 쿠바에서 산 유일한 기념품이다. 일찌감치 집으로 돌아오는 길에는 길 건너 피자 가게에 들렀다. 관광객이 아닌 동네사람들이 주로 가는 작은 가게였다. 피자를 하나 주문하고 가지고 있던 지폐를 냈다. 그런데 우리에게 거스름돈을 돌려주는 것이다. 쿠바는 이중화폐를 사용했다. 관광객(CUC)과 현지인(CUP)이 쓰는 화폐가 다르다는 것은 알고 있었지만 현지인들이 사용하는 쎄우뻬(CUP)는 그날 처음 보았다(2021년 쿠바는 이중화폐 정책을 폐지하고 단일화했다). 우리가 가진 돈은 피자를 사 먹고도 남았다. 화덕에서 갓 나온 피자는 아주 뜨겁고 아주 맛있었다. 근사한 저녁이었다.

우리는 여전히 가진 게 없었지만 기념품도 사고 식사도 했다. 우리가 그렸던 정확한 모양은 아니어도 만족의 크기와 행복의 무게는 다르지 않았다. 얼이에게 쿠바는 더운 것 말고는 아무것도 부족하지 않은 나라였다. 쿠바는 우리에게 충분했다.

✦

글이 경험이 되는 순간

✦

책장을 펼쳤다. 익숙한 내용이었다. 이미 아는 이야기였
다. 그런데 이내 문장 속으로 쑥쑥 빠져든다. 이야기는 이렇
게 시작된다. 조각배를 타고 홀로 고기잡이를 하는 노인이
있다. 그는 84일 동안 바다에 나갔지만 고기를 한 마리도 잡
지 못했다. 다시 배를 타고 바다에 나간 노인이 큰 물고기를
만나고, 그 물고기를 잡고, 돌아오는 것이 이야기의 전부다.
한참 빠져들어 읽다가 책장을 앞으로 넘겨본다. 제목이 눈에
들어온다. 천천히 소리 내어 읽는다. 노인과 바다. 어니스트
헤밍웨이.

쿠바 아바나에서는 곳곳에서 헤밍웨이의 흔적을 만날 수 있다. 그는 쿠바 혁명 이후 미국으로 추방되기 전까지 20여 년간 쿠바에 머물렀고, 쿠바를 배경으로 한 『노인과 바다』를 쓰고 난 후에 퓰리처상과 노벨문학상을 받았다. 헤밍웨이는 노벨상을 수상하면서 이 상을 받는 최초의 '입양 쿠바인'이라 행복하다고 말했다. 수상 후 메달을 쿠바에 기증했을 만큼 그는 이 나라를 사랑했고, 쿠바인들 역시 사랑과 존경의 의미로 그를 파파 헤밍웨이라 불렀다고 한다.

가장 먼저 발견한 흔적은 '암보스 문도스 호텔(Ambos Mundos Hotel)'이었다. 오비스포 거리를 걷다 보면 만나게 되는 이 호텔에서 헤밍웨이는 7년간 머물며 『누구를 위하여 종은 울리나』를 썼다. 세계를 여행하며 호텔에 살면서 글을 쓰는 작가라니. 1931년 영업을 시작한 이 호텔은 현재도 운영 중이다. 호텔만큼 나이를 먹었음직한 철제 엘리베이터 문이 덜컹하고 닫혔다. 철창으로 된 듬성한 문틈으로 엘리베이터가 서서히 층을 오르는 것이 보인다. 엘리베이터에서 내려 복도 끝 511호실 앞에 섰다. 문이 열리고 크지 않은 방에서 가장 먼저 눈에 들어온 것은 방 한가운데 놓인 테이블과 타자기였다. 테이블 앞에 서니 커다란 창문으로 바로 아래 있는 거리의 활기와 멀리 있는 풍경까지 한눈에 들어왔다. 호텔 측 가이드는 이 방에 관한 설명 끝에 아바나 외곽에는 헤밍웨이가 살던 집이 있다는 이야기도 덧붙였다. 쿠바에 오기 전 보았던 영화 '헤밍웨이 인 하바나' 속 바로 그 저택이다.

　　호텔을 나와 대성당 광장으로 향했다. 광장에 한참 머물다 바로 옆 골목으로 접어드니 사람들이 몰려 있는 가게 하나가 보였다. '라 보데기타 델 메디오(La Bodeguita del Medio)'. 진위여부 논란이 있지만 헤밍웨이의 모히토로 유명해진 가게다. 모히토는 왠지 몰디브에서 마셔야 할 것 같지만 본래 쿠바가 원산지로 럼 베이스에 민트와 라임을 넣어 만드는 칵테일이다. 럼은 당밀이나 사탕수수를 발효시켜 증류하여 만드는 술인데 쿠바의 대표적인 특산품 중 하나다. 쿠바를 여행하다 보면 사탕수수 밭이 펼쳐져 있는 풍경을 자주 보게 된다.

　　우리는 바에 자리를 잡고 모히토를 주문했다. 높은 테이블 위로 아바나 클럽이라고 적힌 잔이 늘어섰다. 바텐더가 투박한 손짓으로 재료를 툭툭 던져 넣더니, 짓이긴 민트 위로 럼을 콸콸 붓는다. 한 모금 마시자 강한 알코올 사이로 신선한 민트향이 밀려든다. 잔을 들고 있으니 어디선가 리듬을 맞추는 소리가 들려왔다. 누군가 가게 구석에 놓인 작은 드럼을 장난스레 두드리자 떠들썩하게 이야기를 나누던 사람들이 하나둘 웃으며 저마다 악기를 연주하기 시작했다. 웅성이던 소리가 겹치며 하나의 음악이 되는 것은 순식간이었다. 연주하는 사람도 듣고 있던 사람도 너 나 할 것 없이 들썩이며 몸을 흔든다. 쿠바를 여행하며 우리는 갓 만든 모히토와 갓 빚어낸 음악에 익숙해졌다.

아바나에 머무는 동안 매일 일몰은 말레콘에서 봤다. 해가 질 무렵이면 절로 걸음이 바다로 향했다. 쿠바로 떠나기 전 가장 걱정했던 것은 날씨였다. 9월의 쿠바는 우기이고, 특히 이맘때는 허리케인이 자주 발생한다는 얘기를 들었기 때문이다. 아니나 다를까 오기 전 수시로 들여다본 날씨 어플에는 매일같이 번개가 그려져 있었다. 그러나 막상 쿠바에서 머문 2주 동안 비는 두어 번 잠시 쏟아진 것이 전부였다. 대신 우리를 맞이한 것은 강렬한 햇빛과 습한 공기였다. 한낮에는 거리를 걷기가 힘들 정도로 공기가 뜨거웠다. 섬이라 습도가 높으니 공기 자체가 달궈지는 듯했다. 긴 오후가 지나고 해 질 무렵이 되어야 열기가 가라앉고 사람들이 거리와 말레콘으로 흘러나왔다. 말레콘의 파도는 이따금 높게 솟아올라 소나기 같은 소리를 내며 올드카가 달리는 도로 위로 거칠게 쏟아졌다. 방파제 위에는 낚싯대를 드리운 사람들이 서서 온몸으로 사나운 바닷물을 맞으며 고기를 잡고 있었다. 우리는 어두워진 거리를 걸어 '엘 플로리디타(El Floridita)'로 갔다. 사람과 음악으로 북적이는 틈을 비집고 바에 다가가 다이키리를 주문했다. 다이키리는 헤밍웨이가 이곳에서 즐겨마신 칵테일이다. 연달아 마시는 그를 위해 전담 바텐더는 항상 다이키리를 두 잔씩 만들어주었다고 한다. 바 한쪽 구석에 있는 헤밍웨이 동상 옆자리에는 각기 다른 언어를 쓰는 관광객들이 끊임없이 밀려와 사진을 찍고 있었다.

다시 헤밍웨이를 만난 것은 아바나를 떠나는 차 안이었

다. 우리는 트리니다드로 가고 있었다. 쿠바에서는 주로 비아줄(Viazul)이라는 버스를 타고 도시 간 이동을 했다. 이른 아침 출발한 버스는 늦은 오후 즈음 목적지에 도착할 예정이었다. 이미 몇 시간을 달려왔지만 아직 남은 길과 시간이 많았다. 쿠바에서는 스마트폰도 무용지물이고 들고 온 책은 진작 다 읽었다. 심심해진 나는 남편이 가져온 책을 잠시 빌렸다. 얼이도 내게 기대더니 소리 내서 읽어달라고 했다. 『노인과 바다』였다. 여행을 오기 전 함께 그림책으로 된 『노인과 바다』를 읽었기 때문인지, 헤밍웨이 특유의 간결하고 단단한 문체 덕분인지 얼이도 어렵지 않게 이야기 속으로 빠져들었다. 이미 여러 번 읽은 이야기였다. 그런데 어느 순간 익숙했던 이야기가 전혀 다르게 다가오기 시작했다.

소년이 말했다. "9월이라는 걸 잊지 마세요."
"큰 고기가 나오는 달이지." 노인이 말했다.
— 어니스트 헤밍웨이, 『노인과 바다』 중에서

그때부터였다. 나는 『노인과 바다』 속 배경이 9월이라는 것을 그때 처음 알았다. 그때부터 활자로 새겨져 책장에 누워 있던 장소와 계절과 기온이 모두 생생하게 느껴지기 시작했다. 9월 이곳의 햇살이 얼마나 뜨거운지 이제 나는 알고 있었다. 노인이 배 위에서 견뎠을 태양 아래 나도 섰고, 그 파도가 내 옷도 적셨다. 문장이 온도를 가지고 살갗에 달라붙었다. 후텁지근하고 습한 공기 너머로 노인의 혼잣말이 들려왔다. 이야기는 단순하고 느리지만 힘있게 흘러갔다. 노인은 다시 바다로 나갔다. 버스는 한참을 더 달렸고, 책은 지루하지 않았다. 버스 진동이 조각배를 흔드는 파도처럼 느껴졌다. 낚시에 걸렸지만 물고기는 아직 물속에서 드러나지 않았다. 완전히 새로운 이야기를 읽는 것처럼 흥미로웠다.

솔직히 고백하자면 헤밍웨이의 글은 내가 즐겨 읽거나 선호하는 글과는 거리가 있었다. 그래서 그동안은 읽으면서도 크게 와닿지 않았다. 그러나 이제 그의 책 한 권은 내 안으로 들어왔다. 9월의 쿠바를 배경으로 한 이야기다. 나는 거기서 헤밍웨이를 만났다. 누군가 내게 그 이야기에 대해 묻는다면 나는 마치 내가 그 배 위에 있었던 것처럼 설명할 것이다. 그 햇살과 열기와 바다에 대해서.

비단 책에 관한 이야기가 아니다. 여행을 하다 보면 이런 경험은 언제고 일어난다. 여행책은 사람들이 많이 가는 곳을 다뤄야 잘 팔린다고 한다. 사람들이 가보지 않은 곳을 더 궁금해할 거라고 생각했는데 의외였다. 하긴 내가 갔던 곳이 방송이나 책뿐 아니라 다른 사람의 SNS에라도 보이면 그렇게 친근하고 반가울 수가 없다. 내가 맛본 음식, 귀에 익은 음악과 익숙한 내음, 내가 겪은 일, 눈앞의 풍경. 우리는 그렇게 경험과 공감의 테두리를 넓혀간다. 그렇게 '그 이야기'가 '내 이야기'가 된다.

알고 나면 다르게 보인다.

내가 맛본 음식, 귀에 익은 음악과 익숙한 내음.

내가 겪은 일, 눈앞의 풍경.

그렇게 경험과 공감의 테두리를 넓혀간다.

'그 이야기'가 '내 이야기'가 된다.

서로 다른 사람들이 함께하는 여행

내가 아는 사람 중 여행을 가장 좋아하는 사람을 꼽으라면 그건 단연코 우리 엄마다. 다른 어른들이 주말드라마나 일일연속극을 챙겨 보시는 것처럼 우리 엄마는 '세계테마기행'이나 '걸어서 세계 속으로' 같은 여행 다큐멘터리를 시간 맞춰서 기다렸다가 재방송까지 매일 챙겨 보신다. 화면에 한껏 집중하고 순간순간 감탄하는 엄마의 모습은 학교 다닐 때 덕질하면서 음악방송을 보던 나와 꼭 닮았다.

엄마는 세상 구석구석을 구경하는 게 그렇게 재미있다고 했다. 작은 시골 마을에 살던 우리 엄마는 계집애가 무슨 중학교 공부까지 하냐는 말을 듣고 그 길로 몰래 집을 나와 광주에 있는 친척집으로 갔다. 그게 엄마의 첫 여행이었다. 그렇게 엄마는 그 마을에서 처음으로 고등학교에 간 계집애가 되었다. 자취를 하면서 중고등학교를 마치고 엄마는 서울로 온다. 내가 아는 가장 용감한 사람이다. 그러나 이렇게 용감한 엄마가 처음 여권을 만든 것은 내가 캐나다에도 가고, 스위스에서도 살고, 수없이 많은 나라를 여행한 후였다.

어릴 적에 햄스터를 키웠다. 햄스터들은 모여 있는 걸 좋아한다. 한 마리도 보이지 않아서 집 지붕을 열어보면 그 조그만 집 안에 온 가족이 옹기종기 모여있곤 했다. 우리 가족은 햄스터 같은 데가 있었다. 중학교 때 우리는 15평 아파트에 살았다. 거실 겸 안방, 좁은 주방과 화장실, 작은 방 하나가 전부인 집이었는데 여섯 식구가 안방에 모여 있기를 좋아했다. 고등학교 때 방이 네 개 있는 새 아파트로 이사 오던 날, 가족들 숨소리가 들리지 않는 방에서 혼자 자는 게 처음이라 낯설어 잠이 오지 않았다. 결국 일어나 안방으로 갔다. 그렇게 첫날은 그 넓은 집에서 다 같이 안방에 모여 잠을 잤다.

방학에는 하늘색 봉고차에 텐트와 밥솥, 먹을 걸 잔뜩 싣고 여섯 식구가 전국 방방곡곡을 돌아다녔다. 계곡이나 바닷가에 텐트를 치고 물놀이를 하다가 둘러앉아 밥을 먹고 잠이 들었다.

그러다 엄마 아빠, 얼이와 함께 첫 해외여행을 갔다. 첫 여행지는 동생이 살고 있는 미국이었다. 엄마는 동생네 집에 도착하자마자 한국에서부터 챙겨간 음식들을 한가득 풀어놓았다. 나는 그 여행에서 한국에 있을 때보다 한식을 더 많이 먹었다.

인생 첫 패키지 여행도 했다. 우리는 한국인으로 가득 찬 관광버스를 타고 로스앤젤레스를 출발해서 라스베이거스와 그랜드 캐니언에 다녀왔다. 서로 다른 곳에서 모인 처음 보는 사람들이 한데 묶여 움직였다. 같은 것을 보고 같은 것을 먹는데도 감상은 제각각이었다. 얼이는 그 버스에 탄 유일한 아기이자 최연소 여행객이었다. 제한된 시간에 가능한 많은 곳을 갈 수 있도록 일정은 빡빡했고 새벽부터 한밤중까지 이어지는 강행군이었다. 한국인 가이드의 설명을 듣다가 식사

때가 되면 정해진 대형식당에 들어가 차려진 한식을 먹었다.

나는 불만이 그득했다. 이런 건 진짜 여행이 아니야. 하지만 그 여행을 진짜 즐기지 못하는 건 나뿐이었다. 얼이는 그 여행을 아주 좋아했다. 라스베이거스에서 2층 버스를 탈 때는 가장 앞자리에 앉고, 그랜드 캐니언에서는 돌멩이와 나뭇가지를 주워 놓았다. 늘 제일 앞서 걷던 아빠는 여행 내내 얼이 손을 잡고 제일 뒤에서 걸었다.

아빠가 두루두루 무난한 성향이라면, 엄마와 나는 거의 정반대다 싶을 만큼 다르다. 여행에 있어서도 그랬다. 엄마는 시간을 아까워했다. 쉬는 시간을 견디지 못했다. 패키지 여행을 가도 신새벽에 일어나서 모든 짐을 다 꾸려놓고 먼저 근처를 한 바퀴 돌고 왔다. 엄마는 평생 바쁘고 부지런히 살아온 사람답게 여행했다. 하나라도 더 보고 싶어 했다. 그러나 먹는 것에서는 달랐다. 엄마는 이국적인 음식을 싫어하고 향이 나는 식재료는 입에도 대지 못했다. 여행을 가면 무조건 현지 음식을 먹는 나와는 하나부터 열까지 맞지 않았다. 나슨하게 일정을 잡고 한 곳에서 오래 머물며 천천히 걷고 싶은데 엄마랑 같이 여행할 때는 그게 불가능했다.

휴양지에 가면 좀 다를까? 우리는 베트남 다낭에 갔다. 나와 얼이는 베트남을 여행하는 게 처음이 아니었고, 다낭은 베트남에서도 무난한 가족여행지다. 베트남 음식은 면도 빵도 쌀가루로 만들어 소화가 잘 되고 한국사람 입맛에도 대체로 잘 맞았다. 엄마 아빠가 푹 쉬면서 즐기셨으면 하는 마음에 숙소도 해변과 수영장이 있는 좋은 리조트를 예약했다. 그러나 다낭에서도 나의 예상과는 다른 여행이 펼쳐졌다. 우리는 다낭 구석구석을 놓치는 곳 없이 샅샅이 돌아볼 기세로 여행했다. 온 가족이 베트남 음식을 맛있게 먹는 와중에도 엄마는 속이 느근하다며 고수를 뺀 쌀국수를 조금 먹다 내려놓았다. 리조트에서 얼이는 수영을 하고 나는 선베드에 누워 책을 읽는 동안 엄마는 아빠랑 오행산에 올라갔다 내려와서 우리 먹으라고 망고를 수북이 깎아놓았다. 그러나 모두가 자고 있을 때 엄마는 가장 먼저 일어나 리조트의 그 아름다운 해변에서 일출을 보고 왔다.

그렇게 서로 안 맞는데도 틈만 나면 기를 쓰고 함께 여행했다. 팬데믹이 완화되자마자 우리는 또 여행을 갔다. 이번에는 대만 타이베이였다. 엄마랑 아빠, 동생들까지 전부 함께였다. 여행 초반에는 온 가족이 함께 관광을 했다. 타이베이에 오는 관광객이라면 누구나 간다는 예.스.진.지(예류 지질공원, 스펀, 진과스, 지우펀의 첫 글자를 딴 유명 관광코스)라 불리는 관광지를 충실하게 돌았다. 이전에 대만에서 석 달 정도 머문 적이 있었는데, 지우펀을 제외하고는 처음 가보는 곳들이었다. 당시 나는 지우펀에만 며칠 동안 머물렀지만, 이번에는 아침부터 시간을 촘촘히 쪼개서 저녁에만 잠시 들렀다. 바다에 갔다가 폭포에 들르고 산에 오르는 바쁜 일정이었다. 더욱이 줄곧 비가 쏟아졌다. 우리는 다 같이 우비를 입고 종일 축축한 채로 돌아다녔다. 감성샷을 찍거나 앉아서 차를 마실 시간도 없었다. 그런데 우리는 내내 웃었다. 막내가 유튜브를 한다고 동영상을 찍는데 전부 웃음소리가 들어갔다며 투덜거렸다. 우리는 그 얘기를 들으면서도 웃었다. 이번 여행에서는 절반은 온 가족이 함께 보내고 남은 일정은 따로 얼이와 타이베이 시내를 여행했다. 디자인 박물관과 도서관, 서점과 문구점을 느릿느릿 산책하고, 길고 긴 식사를 한 뒤 카페에서 커피를 마시며 책을 읽고 딱지를 접었다. 그리고 밤에는 숙소에서 만나 오늘은 어떤 하루를 보냈는지 들으면서 야시장에서 사 온 음식을 나눠먹었다.

가족이란 참 이상하고 신기한 존재다. 배우자는 내가 선택하지만, 부모와 자식은 서로 선택하지 않는다. 삶의 많은 것이 그렇듯 서로에게 그저 주어진다. 우리는 서로를 선택하지 않았다. 하지만 서로 다른 사람들이 모여 함께 여행한다. 따로 또 같이. 틈만 나면 기를 쓰고.

지금의 얼이와 나는 여행할 때 꽤 잘 맞는 편이다. 시간을 보내는 방식이 비슷해서 그림을 그리고 만들기를 한다든가 카페에 가거나 서점이나 도서관에서 책을 읽는 것도 좋아한다. 입맛도 같아서 메뉴를 고를 때도 마음이 잘 맞고, 취향도 닮아서 같이 쇼핑을 하다 보면 요즘은 같은 걸 꼭 두 개씩 사게 된다. 물론 안 맞는 면도 있다. 성미가 급한 나와 달리 얼이는 성격도 행동도 느린 편이라 뭘 하든 오래 걸린다. 걷는 것 외엔 거의 숨쉬기 운동만 즐기는 나와 다르게 얼이는 쉬지 않고 움직인다. 얼이는 특히 수영을 좋아하는데 나는 물을 무서워한다. 그래도 지금은 그럭저럭 서로 잘 맞춰가며 여행을 계속하고 있다. 앞으로도 우리는 때론 잘 맞고 때론 부딪치겠지만, 따로 또 같이 여행을 이어가볼 생각이다.

서로 다른 사람들이 만나 같은 방향으로 걷고 같은 것을 본다. 제각기 다른 시선과 방식으로. 패키지 여행의 묘미를 이제 조금은 알 것 같다.

✦

비교하지 않기

✦

　케냐 마사이마라에서 사파리를 하고 탄자니아 잔지바르섬으로 넘어왔다. 잔지바르 스톤타운은 한때 노예무역 거점이었으나 이후 노예해방 본거지가 된 곳으로 현재는 유네스코 세계문화유산으로 지정되어 있다. 인도양에 위치한 잔지바르는 하얀 모래사장과 에메랄드빛 바다가 아름다워 유럽에서 많이 찾는 휴양지 중 하나이기도 하다. 이 문화와 자연이 어우러진 아름다운 섬에서 얼이는 낮잠을 자고 있었다.

　오전에는 스톤타운을 한 바퀴 산책하고 돌아왔는데 고양이가 정말 많았다. 오후에는 한차례 비가 쏟아져서 남편은 우비를 입고 사진을 찍겠다며 혼자 시장 구경을 갔고, 얼이 가 낮잠을 자는 동안 나는 방에서 좀 쉴 생각이었다.

방 안에 누워 창을 두드리는 빗소리를 들으면서 잔지바르 골목을 떠올렸다. 남편과 잔지바르 스톤타운 거리를 걸으며 모로코 페스 얘기를 했다. 좁고 복잡하게 이어지는 골목이 페스를 연상케 했기 때문이다. 지역으로는 아프리카지만 중동 문화의 영향을 받은 것도 비슷했다. 그래서인지 옷차림이나 건축양식이 닮은 데가 있었다. 페스는 미로 같은 도시로 유명해서 처음 갔을 때 길을 잃을까 긴장했던 기억이 난다. 페스 골목은 구조가 복잡할 뿐 아니라 눈길을 빼앗는 것이 너무 많았다. 양옆으로 끝없이 이어지는 각종 염료와 향신료, 손으로 엮어서 만든 공예품과 색색으로 물들인 가죽제품에 정신이 팔려 걷다 보면 그 화려함에 어지러운 지경이었다. 골목은 사람으로 가득하고 온갖 냄새와 소리가 사방을 메웠다. 걷고 있으면 여기저기서 동시에 말을 걸어왔다.

반면 우리가 만난 잔지바르는 고요했다. 우기였고 비수

기라서 거리는 한산했다. 사람들과 어깨를 부딪쳐가며 파도 타듯 걸었던 페스와는 달리 스톤타운에서는 돌바닥에 부딪치는 내 발소리를 들으며 걸었다. 그래도 시장에는 바다에서 갓 건져 올린 반짝이는 것으로 가득했다. 왁자지껄한 순간도 만났다. 해 질 녘에 해변으로 나가 보니 동네 아이들이 먼발치에서부터 전속력으로 달려와 바닷속으로 뛰어들었다. 잔지바르에서 해가 지는 소리는 첨벙첨벙 났다. 바다를 놀이터 삼아 자라는 아이들 곁으로 그물을 실은 배가 지나갔다.

어떤 순간은 느릿했다. 수많은 고양이가 사뿐하고 우아하게 집과 집 사이로 나타났다 사라졌다. 반대편에서는 재빠른 손으로 탁탁 커다란 생선을 손질해서 쌓고 있었다. 날이 저물자 하나둘 불을 밝히고 연기가 피어오르는 야시장이 자리를 폈다. 숯불에 구운 해산물을 먹는 동안 동네 고양이들이 우리를 둘러싸고 앉았다. 우리는 그 모든 순간이 좋았다. 페스와 닮아서, 페스와 달라서 좋았다.

여행하다 보면, 살아가다 보면 쉽게 비교하게 된다. 서로 다른 장소와 상황을 끌어다 놓고 이리저리 재어본다. 여기는 거기랑 비슷하네. 아, 지난번 거기가 더 낫네. 거기에 비하면 여기는 별로야. 때로는 칭찬의 의미로, 가끔은 상대적 위안을 얻으면서, 비교라는 가장 쉬운 방법을 선택한다.

하지만 내가 만난 페스와 잔지바르는 서로 다른 순간이었다. 나는 비가 오는 페스를 보지 못했고, 한여름의 잔지바르는 알지 못한다. 분명 내가 보지 못한 아름다움이 있을 것이다. 경험이 전부는 아니다. 거긴 그래, 하고 딱 잡아 얘기하기엔 내가 너무 아는 게 없다. 아마 영영 다 알 수 없을 것이다.

남편이 시장에서 돌아왔다. 카메라에 담아 온 사진을 보니 색채는 선명하고 생동이 펄떡인다. 내가 보지 못한 잔지바르가 거기에 또 있었다. 그러는 동안 얼이가 잠에서 깼다. 산책을 하려고 외출준비를 하다가 문득 얼이에게 물었다.

"얼아, 사파리 한 데랑 여기랑 어디가 더 좋아?"

얼이가 뭐 그런 걸 묻느냐는 듯 당연하고 단호한 어조로 대답했다.

"엄마, 나는 둘 다 좋아!"

✦

내일로

✦

그동안 여행하면서 다양한 교통수단을 이용했다. 시내를 돌아다닐 때는 주로 버스와 지하철, 바닷가나 산으로 캠핑을 갈 때는 자동차. 방콕과 콜롬보에서는 툭툭을 타고 더운 바람을 맞으며 달렸고, 샌프란시스코에서는 시내를 가로지르는 케이블카를 탔다. 코타키나발루에서 섬 사이를 달리던 배는 나는 듯이 빨랐고, 상트페테르부르크에서 헬싱키로 향하던 배는 마치 거대한 리조트를 삼킨 것 같았다. 작은 버스만 한 비행기도, 2층짜리 초대형 여객기도 탔다. 교통수단마다 제각기 다른 장점과 매력이 있지만 만약 누군가 내게 한 나라를 여행하거나 다른 도시로 이동하는 교통수단을 하나만 선택해보라고 한다면, 음, 역시 나는 기차가 좋겠다.

여러 번의 기차 여행을 했다. 우리는 스리랑카 구석구석을 기차를 타고 돌아다녔다. 스리랑카 기차에는 문이 없다. 사방이 열린 채 기차가 달려가는 풍경은 파도치는 바다였다가 깊은 산속 가파른 계곡이었다가 짙은 초록빛 차 밭이 끝도 없이 펼쳐지곤 했다. 나는 문 앞에 걸터앉아 발아래 스쳐 가는 배경이 시시각각 바뀌는 것을 구경했다.

유럽을 여행할 때도 기차를 자주 탔다. 이동하는 비용만 보자면 저가항공 프로모션을 이용하는 것이 단연 저렴하지만 공항은 주로 시 외곽에 위치하기 때문에 그에 따른 시간과 비용이 더 드는 것도 고려해야 한다. 비행기를 타면 짐을 가져가는 것에도 제한이 많다. 그러나 기차는 비행기에 반입이 어려운 물건도 대체로 휴대가 가능하고, 직접 운반하니 분실하거나 파손될 위험도 적다. 열차 내 휴대품 허용 기준은 대부분 고객 스스로 운반할 수 있는 크기와 무게 정도로 규정하고 있으니 아무래도 비행기보다는 기차가 좀 더 관

대한 편이다. 철도는 어느 나라에서나 가장 오래된 교통수단 중 하나이고, 자동차를 이용하는 것에 비하면 사고 위험도 적고 소요시간도 일정하다. 모로코에서는 차를 탈 때마다 아찔한 순간이 많았는데 그에 비해 기차는 먼 거리를 이동할 때도 정확하고 안정적이었다.

특히 유럽에서는 나라와 도시 간 철도망이 잘 연결되어 있어서 편리하고 편안했다. 기차역은 어느 곳에서나 중심부에 있기 때문에 도시 한복판에 도착해서 곧바로 여행을 이어갈 수 있다는 점도 장점이다. 야간열차 침대칸을 예약하면 침대가 좁고 딱딱하긴 해도 이동시간과 숙박료도 아낄 수 있다. 침대가 좀 흔들리고 시끄럽긴 하지만. 그래도 헝가리 부다페스트에서 폴란드 바르샤바로 가던 날은 세체니 온천에서 종일 물놀이를 하고 노곤해진 채로 야간열차에 올라 셋다 꿀잠을 잤다.

유럽 기차 여행 중 인상적이었던 순간은 이탈리아를 빼놓을 수 없다. 우리는 기차를 타고 시칠리아 팔레르모를 출발해서 다음 날 아침 로마에 도착할 예정이었다. 시칠리아는 섬인데 본토까지 바다를 어떻게 건너가지? 정답은 '배를 타고 건넌다.' 기차는 커다란 배 안으로 연결된 선로를 따라 통째로 배에 실려서 바다를 건넜다. 기차를 탄 채로 배에 오르는 특별한 경험이었다. 한 시간 남짓 바다를 건너는 동안에는 기차에서 내려 배 안을 자유롭게 다닐 수도 있다. 얼이가 한껏 신이 났음은 물론이다.

자동차로 이동하는 것에 비해 기차 여행의 가장 근사한 점은 시간이 생긴다는 점이다. 함께 여행하는 모두에게 고르고 공평하게. 기차 안에서는 책을 읽거나 그림을 그릴 수도 있다. 로마로 향하던 기차의 침대칸에서 우리는 동트는 것을 보면서 포장해온 빵과 과일로 아침을 먹고, 챙겨 온 조그만 팔레트를 꺼내 수채화로 시칠리아의 햇살과 바다를 그렸다.

국내 여행을 할 때도 기차 타는 것을 좋아한다. 그러던 중 '내일로'라는 기차 여행 패스가 있다는 것을 알게 되었다. 정해진 금액을 내고 내일로 패스를 구입하면 일정 기간 동안 자유롭게 기차를 이용할 수 있는 상품이다. 아니, 이렇게 멋진 게 있었다니. 그런데 구입하려고 좀 더 알아보니 나이 제한이 있었다. 우리 중에 해당 나이를 넘지 않는 사람은 얼이

뿐이었다. 그렇게 아쉽게 단념하고 한참 동안 잊고 지냈다. 그러다가 '내일로 두 번째 이야기'가 시작된다는 소식을 들었다. '내일로 두 번째 이야기'는 나이 제한이 없어지면서 전 연령이 사용할 수 있게 되었다. 우리는 곧장 패스를 구입했다.

각자 가방을 하나씩 꺼내서 일주일간의 짐을 꾸렸다. 기차역 물품보관함에 넣을 수 있는 작은 크기의 백팩을 골랐다. 그리고 전국지도를 펼쳐놓고 고심해서 경로를 정했다.

자유석과 입석은 자유롭게 이용할 수 있었던 예전과 달리 코로나19로 인해 모든 좌석을 사전에 지정해야 했다. 때문에 미리 이동계획을 세우는 게 필요했다. 일정을 짜면서도 여러 시행착오가 있었다. 우리는 둥글게 한 방향으로 이동하면서 여러 도시를 가볼 생각이었는데, 영남과 호남 사이에 바로 갈 수 있는 기차 편이 없다는 것도 그때 처음 알았다.

여행을 시작한 후로는 도시에서 도시로 이동하면서 다음에 묵을 숙소를 예약했다. 매년 결혼기념일마다 가족사진을 찍는데 마침 여행 일정과 겹쳤다. 도착하는 기차역마다 셋이 서서 사진을 찍었더니 가족사진이 한가득 생겼다. 매일 기차를 탔다. 사람이 거의 다니지 않는 역에 내려서 짜장면을 먹고 아무도 없는 역사에서 풍금을 쳤다. 새로운 도시에 도착하면 지역서점을 찾아갔다. 어느 도시에 가도 작은 동네 서점이 하나쯤은 있었다. 카페에 가면 한 잔씩 음료를 주문하듯 우리는 서점에 들를 때마다 책을 한 권씩 샀다. 그리고 그 책을 기차나 숙소에서 읽었다. 책은 좋은 기념품이다. 돈을 주고 살 수 있는 가장 비싼 게 시간이라면, 시간을 사는 방법으로 책만 한 게 없다.

기차에서는 각자 책을 읽거나 기차칸 안에 사람이 없으면 의자를 돌려 마주 보고 앉아 셋이서 게임을 하고 얘기를 나눴다. 봄에 기차 여행을 다녀오고 너무 좋았던 우리는 가을에 한 번 더 '내일로' 여행을 떠났다. 우리나라는 정말 넓다. 그동안 가보지 못한 곳이 너무 많았다. 어쩌면 지역마다 음식 문화도 이렇게 다른지. 포항 바닷가에서 바닷바람을 맞으며 회와 매운탕을 먹고, 안동에서는 갈비를 먹은 뒤 2차로 찜닭을 먹으러 갔다. 보성에서는 녹차떡갈비를, 벌교에서는 꼬막정식을 주문했더니 음식이 한 상 가득 차려져 나왔다. 우리는 매일 다른 지역에서 다른 음식을 맛보았다.

좋아하는 부산에는 봄에도 가을에도 갔다. 광주에 있는 북카페에서는 서로에게 엽서를 썼고, 경주에는 갈 때마다 들르는 서점이 생겼다. 순천은 어린이 시내버스 요금이 100원이었다. 묵었던 호스텔부터 서점, 소품가게, 식당과 카페까지 가는 데마다 좋아서 발이 떨어지질 않았다. 동네서점에서는 책을 샀더니 꽃인형을, 소품가게에서는 엽서를 샀더니 반창고를 얼이에게 선물로 주셨다. 얼이는 순천을 꽃을 선물받은 곳으로 기억하게 되었다. 이 도시들을 그리워하게 되었다.

언제나 '지금'이 가장 중요하다고 생각했다. 멀리 여행할 때는 으레 여기에 다시 안 올 것처럼, 이번이 마지막인 것처럼, 지금이 아니면 영영 없을 것처럼 여행했다. 언제 여기 또 올 수 있을까. 그게 순간에 충실한 방법이라 믿었다. 그런데 내일로 기차를 타고 여행하는 동안 우리는 자꾸만 뭔가를 두고 왔다. 다음에 또 오자. 다시 오면 거기에 가자. 다음번엔 그거 해보자. 가고 싶은 곳과 하고 싶은 일을 남겨두었다. 다시 올 이유들을 만들어놓고 돌아왔다. 자꾸만 다음을 기약했다.

·　　아이는 내일을 향해 있다. 당연히 다음이 있을 거라고 믿는다. 그리고 나도 얼이와 함께 내일로 달려가는 동안, 내일을 기대하는 법을 배웠다. 이제는 내 바람을 미뤄본다.

　　다시 올 거야. 다음은 더 좋을 거야. 우리는 계속 내일로 여행할 거야.

어린이의 여행법

초판 1쇄 펴낸 날   2023년 5월 22일

지은이	이지나
펴낸이	배경란 오세은
펴낸곳	라이프앤페이지
주 소	서울시 종로구 새문안로3길 36, 1004호
전 화	02-303-2097
팩 스	02-303-2098
이메일	sun@lifenpage.com
인스타그램	@lifenpage
홈페이지	www.lifenpage.com
출판등록	제2019-000322호(2019년 12월 11일)
그림	서수연
디자인	파도와짱돌

ISBN   979-11-91462-21-0 03810

* 저작권법에 의해 보호를 받는 저작물이므로 무단전재와 복제를 금합니다.
* 이 책 내용의 일부 또는 전부를 이용하려면 반드시 저작권자와 라이프앤페이지의 서면 동의를 받아야 합니다.